照れ降れ長屋風聞帖【六】

子授け銀杏

坂岡真

双葉文庫

目次

白《しろ》鼠《ねずみ》

一

夏の温気《うんき》は去った。

文月《ふみづき》は七夕《たなばた》に井戸替え、盂蘭盆会《うらぼんえ》に藪入《やぶい》りと、月を通して行事が多い。

ようやく秋らしくなってくるのは、薄明《はくめい》の月に願掛けをする二十六夜待ちを過ぎたところ、露地裏に涼風が吹きぬけると、空は一段と高く感じられるようになる。隆《りゅう》とした夏雲は消え、金銀紅《くれない》に彩《いろど》られた鰯雲《いわしぐも》が天空に泳ぎだす。

浅間三左衛門《あさまさんざえもん》はおまつに付きしたがい、浅草寺《せんそうじ》の仁王門《におうもん》へやってきた。

背には仲見世通《なかみせどお》りの喧噪《けんそう》がある。

楊枝屋《ようじや》、水茶屋《みずぢゃや》、食い物屋が軒をつらねている。

巳《み》ノ刻（午前十時）を過ぎ、ちょうど小腹の空く頃合いだ。

「お団子《だんご》、お団子」

娘のおすずが、しきりにせがんでいる。

「おっかさんの言いつけどおり、荒神《こうじん》さまに薪《まき》を載せたんだから」

それは昨晩のはなしで、竈神《かまどがみ》の「荒神さま」に願いを込め、竈のうえに薪を載せる行為は「明日天気になあれ」のおまじないにほかならない。九つの娘は、自分のおかげで快晴になったと言いたげだ。

「だめだめ、お団子はあと、平内《へいない》さまにお祈りしてからだよ」

おまつに諭《さと》され、おすずは口をとがらせた。

頰紅《ほおべに》を塗ったせっかくの澄まし顔も、だいなしである。

が、文句は言えない。わざわざ日本橋照降町《にほんばしてりふりちょう》からめかしこんでやってきたのは、縁結びの「平内さま」に詣《もう》でるためなのだ。

おまつは黒紋付《くろもんつき》の褄《つま》を取り、厳《いか》めしい仁王門の手前を右に折れた。

「おっちゃん、こっちこっち」

おすずが小走りにつづき、二本差しの三左衛門が気怠《けだる》そうに痩身《そうしん》をかたむける。

厄年《やくどし》のせいなのか、四肢の力がめっきり衰えてしまったかのようだ。

「ふうっ」

重苦しい溜息を吐《つ》くと、おまつにやんわり叱られた。

「溜息は命を削る鉋《かんな》と申しますよ」

「命を削る鉋か、なるほど、先人は上手《うま》いことを抜かす」

「さ、こっちへおいでなさい」

大柄なおまつが、にっこり微笑《ほほえ》む。

喩《たと》えてみれば、八重咲《やえざ》きの紅い芙蓉《ふよう》であろうか。

柳橋《やなぎばし》で楼閣風《ろうかくふう》の茶屋『夕月楼《ゆうづきろう》』を営む金兵衛《きんべえ》に「色ある花は匂い失せずの喩えもあるとおり、おまつさんは三十路《みそじ》を過ぎてなおいっそう、おきれいになられた」などと褒《ほ》められたものだから、その気になってしまった。

金兵衛はしかし、心にもない台詞《せりふ》を口にしたわけではない。土用を過ぎ、夏越《なごし》の祓《はら》いも済んだころから、たしかに、おまつは綺麗になった。

「こほっ」

三左衛門は空咳を放った。

邪心《じゃしん》を悟られぬように、ことさらゆっくり歩をすすめる。

正面に小堂があった。

肩肘《かたひじ》を張って拳骨《げんこつ》を固めた石像が双眸《そうぼう》を瞠《みは》り、口をへの字に曲げ、堂いっぱいに仁王座禅《におうざぜん》を組んでいる。気難《きむずか》しい形相《ぎょうそう》だが、仁王ではない。

「おすず、ほら、平内さまだよ」

「わかってるって」

すでに、おすずは何度か拝んでいた。

三左衛門は、生まれてはじめて目にする。

珍奇な平内像は、若い娘のあいだで人気の的らしい。

石像になった久米《くめの》平内なる人物は、実在の首切り役人であった。生前の殺生を悔い、常世《とこよ》で罪を減じてもらうべく、大勢の人に身を踏みつけてほしいと願った。それゆえ、座禅姿の石像をおのれの身代わりとして、人通りの多い仁王門のそばに埋めさせた。

やがて、平内像は小堂へ移された。そして、本人の願った「踏みつけ」を「文付け(恋文)」と洒落《しゃれ》た語呂合わせから、縁結びの神様として人気を博すようになった。

「首切り役人が神になろうとはな」

皮肉めいた台詞には応じず、おまつとおすずは平内像を熱心に拝んでいる。

ふたりの横顔はよく似ていた。血の繋《つな》がりはないものの、三左衛門にとってはかけがえのない母娘だ。

縁あって六年前、魚河岸《うおがし》を背にした照降町の裏長屋で暮らしはじめた。おまつは潰れた糸屋の出戻り、おすずの父親は廓《くるわ》遊びに興じて商いもろくにできない紺屋《こうや》の若旦那だった。

三左衛門はおまつと祝言をあげておらず、おすずから父親と認めてもらっていない。だから、呼び名は「父上」でも「おとっつぁん」でもなく、いまだに「おっちゃん」なのだ。「おっちゃん」と呼ばれるのは悲しい。ただ、これぱかりは強要するわけにもいかず、じっくり時の経過を待つしかなかった。

「おまえさんもほら、お祈りしなさいな」

おまつに促され、三左衛門は両手を合わせた。

無論、おまつはみずからの良縁を願っているのではない。仲人稼業の「十分《じゅうぶ》一屋《いちや》」を営んでおり、あらゆる寺社へ縁結びの祈願を欠かすことができないのだ。要するに、今日の平内詣でも商売の一環であった。

付き合うのは面倒臭いが、三左衛門にできることといえば楊枝削《ようじけず》りか扇《おうぎ》の絵付け程度のもの、おまつに食わせてもらっているので文句は言えない。付き合えと言われれば、寺社仏閣だろうが団子屋だろうが、どこへでもほいほい付き合う。そして、付き合わされたときにかぎって、厄介事《やっかいごと》に巻きこまれてしまうのだ。

「ほら、あそこ」

おまつが指差すさきで、若い町娘が半端者《はんぱもの》どもにからかわれていた。

「ここは不器量な娘の来るところだが、おめえほどの醜女《しこめ》はみたことがねえな」

「まったくだ、平内さんに祈ってもご利益《りやく》はなかろうぜ」

「こら、醜女、おめえなんざ、家に閉じこもっていやがれ」

悪態と嘲笑《ちようしよう》が耳にとどき、おまつの顳顬《こめかみ》がひくつきはじめた。

「ああした手合いは許せないね、虫酸《むしず》が走る」

「待て、おまつ」

三左衛門が制するのも聞かず、おまつは揉《も》め事《ごと》に首を突っこんでゆく。

半端者は三人、いずれも懐中に匕首《あいくち》を呑んでいそうな若僧だ。

「こら、おやめ」

おまつは高飛車《たかびしや》に出た。

「あんだと、このあま」

鬢《びん》の細長い若僧が振りむき、前歯を剝《む》いてみせる。

「文句あっか、あん」

「年頃の娘をからかうんじゃないよ」

「出しゃばり女め、余計なお世話だ」

「可哀相《かわいそう》に、ほら、娘が泣いちまうじゃないか」

「ふん、醜女の悔し泣きか。興醒めだぜ、さ、行くぞ、みんな」

「ちょいとお待ち」

よせばいいのに、おまつは三人を呼びとめる。

娘は俯《うつむ》き、朱唇《くちびる》を嚙《か》んでいた。

泣いてはいない。口惜しいのだろう。

勝ち気な娘だなと、三左衛門はみてとった。

おまつは腰に手を当て、顎《あご》を突きだす。

「この娘に謝りな」

「うるせえ」

「年寄りと娘は労《いたわ》ってやらなきゃだめだよ。それができないうすら莫迦《ばか》は、馬に蹴られて死んじまうがいい。ほら、地べたに手をついて謝りな。謝らないってんなら、花川戸《はなかわど》の親分さんに言いつけるよ」

おまつに啖呵《たんか》を切られ、ふたりは逃げ腰になった。

鬢《びん》の細長い若僧だけは、三白眼《さんぱくがん》で睨《にら》みつけてくる。

「睨むと平目《ひらめ》になるよ」

と、おすずが横から合いの手を入れた。

「ふん、生意気なガキを連れていやがる。姐《ねえ》さん、あんた、どこの者だい」

「日本橋だよ」

「その糞度胸《くそどきょう》、堅気《かたぎ》にゃおもえねえな」

「ごたごた抜かさずに謝りな、あたまを下げるんだよ」

「そいつはできねえ相談だぜ。十七、八の醜女にあたまを下げたとあっちゃ、梟《ふくろう》の五郎助《ごろすけ》の名がすたる」

「あんた、梟の五郎助ってのかい」

「おう、五郎助奉公《ほうこう》、繿褸《ぼろ》着て奉公の五郎助よ」

月代《さかやき》の剃《そ》り跡も尻根も青い若僧は、梟の声音を真似《まね》てみせた。

ほかのふたりもおなじように若く、額や頰に面皰《にきび》が目立つ。

「姐さん、おいらは地廻りじゃねえ、花川戸の親分なんざ知らねえんだ。へへ、残念だったな。でもよ、おかげさんで去る気は失せたぜ。姐さんの言うとおり、見物人どものめえであたまを下げるか、それとも匕首を抜くか、道はふたつにひとつだ。ふへへ、どうするよ、おれがあたまを下げねえと言ったら」

「腕の一本でもへし折ってやろうかね」

「けっ、んなことができるってのかあ」

「やるのはわたしじゃない、亭主《ていし》だよ」

「なに」

おすずに尻を押され、三左衛門がひょっこり躍りでた。

おまつは「頼んだよ」とでも言いたげに目配せし、娘ともども人垣の前列まで退がる。

「待て、おまつ」

呼んでも応えは返ってこない。

第二幕のはじまりだぞと、見物人どもは色めき立った。

ここはひとつ、どうにか恰好《かっこう》をつけねばなるまい。

三左衛門は一歩踏みだした。

「ちぇっ、くたびれた痩《や》せ浪人じゃねえか」

五郎助が小莫迦にしたように鼻を鳴らす。

すかさず、おまつが遠くで叫んだ。

「みくびるんじゃない、痩せても枯れても侍だよ」

「ふん、侍にもいろいろある、どう眺めても強そうにゃみえねえ」

「だったら験《ため》してみな」

頭越しに会話が飛びかっている。

少し腹が立ってきた。

「へいや」

鋭い気合いとともに、三左衛門は大刀を抜きはなつ。

「うへっ」

ふたりの若僧が仰《の》けぞった。

五郎助だけはもちこたえ、直後、弾けるように嗤《わら》いだす。

「うひゃひゃ、みろ、へっぽこ野郎が抜いたのは竹光《たけみつ》だぜ」

なるほど、三左衛門が握るのは二尺そこそこの竹光だ。

三人は腹を抱えて嗤いころげ、懐中に右手を突っこむ。

「お遊びはここまでだ、覚悟しやがれ」

「やめておけ、匕首を抜いたら怪我《けが》をするぞ」

三左衛門は声を押し殺す。威圧するのではなく、子供を説き伏せるような優しさがあった。

「しゃらくせえ」

五郎助は抜いた。

白刃が煌《きら》めき、胸もとめがけて突きだされてきた。

「げっ」

人垣から声があがり、おまつもおすずも息を呑む。

刹那《せつな》、五郎助は足を引っかけられ、たたらを踏んだ。

勢い余って、顔から地べたに倒れこんでゆく。

「勝負ありだな」

俯せになった蒼剃《あおぞ》りの脳天を、竹光の先端がちょんと叩いた。

「二本差しを甘くみたら、目刺《めざ》しにされて食われちまうぞ」

三左衛門は詰まらぬ冗談を言い、さも愉快そうに笑った。

人垣は微動だにせず、誰ひとりとして笑う者もいない。

五郎助は土に顔を埋め、ぴくりとも動かなくなった。

よくみれば、両肩が微かに震えている。

屈辱《くつじょく》に耐えかねているのだ。

ふたりの仲間は逃げさり、見物人もつまらなそうに離れてゆく。

醜女となじられた若い娘は、おまつの隣で小さくなっていた。

三左衛門は竹光を黒鞘《くろざや》に納め、おすずのもとへ立ちもどる。

「待て、おい」

五郎助が、くっと顔をあげた。

まるで、日干しにされた亀のようだ。

「あんた、名を聞かせてくれ」

「聞いてどうする」

「いいから、聞かせてくれ」

「浅間三左衛門だ」

「浅間三左衛門か……忘れねえぞ、この借りはきっと返《け》えしてやるかんな」

五郎助は掠《かす》れた声で言い、前歯を剝いて不敵にも笑った。

秋の陽射しはやわらかく、参道の敷石に木洩れ陽《こもれび》を投げかけている。

三左衛門は動じる素振りもみせず、閑寂《かんじゃく》とした平内堂に背をむけた。

二

照降町とは日本橋の伊勢町堀《いせちょうぼり》に架かる荒布橋《あらめばし》から東の親父橋《おやじばし》にいたる町屋の俗称で、売れ行きが天候に左右される傘屋《かさや》と履物屋《はきものや》の多いことに由来する。

背には一日千両の金が落ちる魚河岸を抱え、荒布橋を渡れば江戸橋《えどばし》の広小路へ、一方、親父橋を渡れば芝居町《しばいまち》へと通じ、南の日本橋川を挟んだ対岸は八丁堀《はっちょうぼり》である。

露地裏に集まった貧乏長屋の住人は、男も女もせっかちでそそっかしい。お節介焼《せっかいや》きが過ぎると感じることもあったが、三左衛門にとっては気持ちの落ちつく場所だ。しんと静まりかえった武家地などよりも、遥《はる》かに住み心地は良い。

翌日の午後、潮香ただよう照降長屋へ、縞《しま》の着物を小粋《こいき》に纏《まと》った箱屋が訪ねてきた。

「猫屋新道《ねこやじんみち》の辰造《たつぞう》さんから、お届け物でございます」

箱屋はさっさと口上を述べ、踵《きびす》を返して裏木戸のむこうへ消えた。

三左衛門は、上がり框《かまち》に置かれた細長い箱をじっとみつめた。

おまつもおすずも留守なので、どうしたものかと思案する。

箱の中身は三味線《しゃみせん》だろう。

察しはついたが、届けられた理由はさっぱりわからない。猫屋新道の辰造なる人物にも、まるでおぼえがなかった。

「何かのまちがいかな」

箱の蓋《ふた》を開けてみると、椿油《つばきあぶら》の匂いたつ三味線が一丁納められていた。新品であるばかりか、熟練の三弦師《さんげんし》が丹誠《たんせい》込めてつくった逸品《いっぴん》のようだ。

棹《さお》を握って胴を膝に抱え、海老尾《えびお》の糸巻を締めなおす。

昔取った杵柄《きねづか》ではないが、絹糸の絃を爪弾《つまび》いてみた。

「ちちんちとと……親に久離《きゅうり》を切られても廓通いはやめられぬ、九尺二間《くしゃくにけん》に住もうとも廓の夢は捨てられぬ、女房子供を泣かしても、いちどは廓で狂うてみたい……」

興が乗り、三左衛門は撥《ばち》で絃を弾きはじめた。

上州富岡《じょうしゅうとみおか》は七日市藩《なのかいちはん》（一万石）で禄を喰《は》んでいたころ、富田流《とだりゅう》の小太刀《こだち》を得手《えて》とする馬廻り役《うままわりやく》であったにもかかわらず、酒席の余興で三味線をおぼえさせられた。宴会好きの阿呆《あほう》な上役のおかげで、隠し芸をひとつ修得できたというわけだ。

他人に聴かせるほどの腕前ではないが、三味線の師匠に筋が良いと褒められただけあって、撥さばきは堂に入っている。

「……あざのつくほどつねっておくれ、それをのろけのたねにする」

よく知られた端唄《はうた》の一節を口ずさんでいると、おまつが手土産《てみやげ》を提げて帰ってきた。

「なんだか調子の良い音色が聞こえてきたよ。へえ、おまえさんがねえ、三味線を弾けるだなんて知らなかった」

おまつの鋭い眼差しを避け、三左衛門は鬢《びん》を掻いた。

「誤解いたすな、廓遊びなどやったこともないぞ」

「あら、そうですか」

「西上州の片田舎に気の利いた芸者衆などおらぬわ」

「そうでしょうとも」

ことばを尽くしても、信じてもらえそうにない。

三左衛門は、おまつの手許に目をむけた。

「手土産は菓子か」

「志《し》ほせのお饅頭《まんじゅう》ですよ」

好物だ。

大和芋《やまといも》を練りこんだ白い皮で程良い甘さの餡《あん》を包んである。

築地本願寺《つきじほんがんじ》裏の商家を訪ねたついでに、明石町《あかしちよう》の本店で買ってきたのだ。

「薄茶でも淹《い》れましょうかね」

天窓から仰ぎみれば、そこにあるのは行きあいの夏とも秋とも言えぬ空、いまだ残暑の感じられるこの時季は、ゆったりと薄茶でも呑みながら志ほせの饅頭を頬張るにかぎる。

おまつは部屋着に着替えて茶の仕度をし、ようやく本題にはいった。

「その三味線、どうしなすったの」

「箱屋が置いていった。送り主は猫屋新道の辰造とか申しておったな」

「あ」

「知りあいか」

「知りあいもなにも、昨日助けた娘の父親だよ」

「ほう」

「ほうって、おはなししませんでしたっけ。おみわちゃんのおとっつぁんは、腕の良い三弦師だって」

「おみわ」

「それもお忘れかい、梟にからかわれた娘の名だよ」

聞いたような気もするが、すっかり忘れていた。近頃、物忘れがひどい。

「深酒のせいだな」

「そういうことにしときましょ」

「すると、この三味線は御礼の品というわけか」

「挨拶《あいさつ》も無しにお品だけ送りつけるなんてね、ちょいとどうかとおもうよ」

「ふむ」

頷《うなず》いたところへ、おすずが飛びこんできた。

「あ、志ほせのお饅頭、わたしにもちょうだい」

「帰って早々、食い意地を張るんじゃない」

「はあい」

生意気盛りの娘は生返事をし、敷居に戻ってひょいと外に顔を出す。

「どうしたんだい、おすず」

「木戸のところにね、怖い顔のおっちゃんが立っているの。さっきから、長屋の様子を窺《うかが》っているんだよ」

「まったく、どこのどいつだろうねえ」

おまつは駒下駄《こまげた》を突っかけ、油障子の狭間《はざま》から顔を出した。

そして、すぐに引っこめる。

「いやだ、目が合っちまったよ」

「おっかさん、こっちへ来るよ」

鬼瓦《おにがわら》のような五十男が、汗を拭きながらやってきた。

羅紗《らしゃ》の羽織《はおり》を纏ってはいるが、たぶん職人であろう。

「あの……十分一屋のおまつさまで」

敷居のむこうで頭をさげ、男は嗄《しゃが》れた声で名乗った。

「猫屋新道の辰造でごぜえやす」

「あら、おみわちゃんの」

「へえ、父親でやす」

おまつの目とかちあった辰造の眼差しが、三左衛門の手にした三味線に注がれた。

「あっしの不手際《ふてぎわ》で一日早く届いちまったみてえで、ご迷惑をお掛けしやした。

よろしけりゃ、そいつを使ってやってくだせえ。どなたかに差しあげても、売っとばしてもらっても結構でやす。なにせ、あっしにできることといったら、三味線を差しあげることとくれえしかねえもんで」

「高価なお品なんでしょう、いただけやしませんよ」

　おまつが遠慮がちにこぼすと、辰造は薄いあたまを掻いた。

「木戸口に立っておりやしたら、そいつの音色が聞こえてめえりやした」

「音色が」

「へい、他人様《ひとさま》にこう弾いてほしいと願っていた音色でごぜえやす。へへ、そいつを一丁つくるのに半月は平気で掛かりやす。できあがった三味線は我が子も同然、音色を忘れるわけがありやせん」

　三左衛門は褒められて、ちょっと嬉しくなった。

「おまつ、ありがたく頂戴《ちょうだい》しようではないか」

　軽口を叩くと、おまつは溜息を吐いた。

「しょうがないねえ」

　辰造はしきりに恐縮しながら、何かを言いだしあぐねている。

　おまつはそれと察し、穏やかな口調で水をむけた。

「狭苦しいところですけど、おあがりくださいな。今お茶を淹れますからね、志ほせのお饅頭でもどうです、おひとつ」

「もったいないことで」

「さ、ご遠慮なさらずに」

「それじゃ、ちょいと失礼しやす」

辰造は敷居をまたぎ、上がり框《かまち》の隅っこに片尻を引っかけた。

「奥方さま、どうぞお気遣いなく」

「奥方さまだなんて、そんなだいそれたもんじゃござんせんよ」

おまつはまんざらでもない様子で、鳩胸《はとむね》をぐっと張ってみせる。

辰造の顔から笑みが消えた。

「じつは、おまつさまに折りいってお願いが」

「あらたまって何ですよう」

「うちの娘を、何とかしてやってもらえねえでしょうか」

「何とかって、良いお相手を探すってこと」

「へい、あのとおり、不器量な娘でごぜえやす。死んだ女房に似りゃ良かったものを、あっしに似ちまったせいで、幼い時分から鬼だの瓦だのといじめられてきやした。そいつが不憫《ふびん》でならねえ。近所の連中はおみわのことを、顔だけじゃねえ、気性も荒《あれ》え娘だと口を揃えやす。けど、親の欲目で言わしてもらえば、性根の優しい娘なんで」

「言われなくてもわかりますよ、ちょいと喋《しゃべ》ればね。昨日、仲見世通りを雷門《かみなりもん》までいっしょに歩いた仲ですから」

「あの……おみわのやつは喋らねえんでやすが、娘をからかった相手ってな、どんな連中でしょうか」

「どこにでもいる、ちゃらっぽこな連中ですよ。ひとりはたしか、五郎助とか名乗っていたねえ、洒落で梟なんぞと綽名《あだな》をつけておりましたよ」

「梟の五郎助ですかい」

辰造の目が宙に浮いた。

「親方、ひょっとして聞き覚えがおありだとか」

「い、いえ……」

なぜか、三弦師はお茶を濁《にご》す。

「……おみわのやつ、御恩が身に沁《し》みたのでやしょう。あらためて御礼に伺《うかが》いてえと申しておりやした」

「そうですか」

「おまつさま、このとおりでやす。親の身勝手な願いを聞き届けていただけやせんか」

「商売柄、心当たりがないわけじゃないけど」

「けど、何か」

「ちょいと引っかかるんですよ、おみわちゃんの洩らした台詞がね」

「娘が何か洩らしやしたかい」

「梟のせいでお礼参りがだいなしになったと、そう、洩らしたんですよ」

「お礼参り……するってえと、相手がいるってことか」

「当て推量ですけど、恋情《おもい》がお相手に通じたんじゃないかしらねえ」

「狐《きつね》につままれたみてえなはなしだな、こりゃ」

「知らぬは父親ばかりなり。要らぬご心配をなさっているんじゃありませんか、うふふ」

「さっそく、おみわに聞いてみよう」

「そうなさってからでも、遅くはありませんよ」

「へい」

辰造は薄茶を啜《すす》りながら、何やら感慨に耽《ふけ》っている。

三左衛門はすかさず、撥を掻きならした。

「ちちんちととん……これほどおもうにもし添われずば、あたしゃ出雲《いずも》へ暴れこむ」

流行《はやり》の都々逸《どどいつ》を口ずさみ、おまつにむかって目配せをする。

「おまえさん、暴れこむ必要なんぞありゃしないよ。出雲に坐《まし》ます神々が、おみわちゃんを見放すもんですか」

おまつは口に手を当てて笑い、辰造もつられて笑いだす。

だが、おみわの恋は簡単に成就《じょうじゅ》しそうな恋ではなかった。

三

二日後、文月晦日《みそか》。

朝未《あさまだ》きうちに吹きはじめた風が、正午を過ぎるころには雨戸を揺らすほどの強風になった。

「野分《のわき》だな、こりゃ」

金兵衛は夕月楼の二階にある奥座敷の窓からどす黒い空を眺め、いたずら小僧のようにつぶやいた。

風が吹けば、客足はぱったり止まる。

柳橋の茶屋街に閑古鳥《かんこどり》が鳴くというのに、楼主の金兵衛は何がそんなに嬉しいのだろうか。

「わからぬ」

三左衛門は、首をかしげた。

「うほほ、祭りといっしょでしてね、意味もなく血が騒ぐんですよ」

「ふうん」

今日は恒例となった歌詠《うたよ》みの会、ふたりは昼間から酒を酌《く》みかわしている。

肴《さかな》は落鮎《おちあゆ》、錆《さ》びた刃物のような腹《はら》の斑点《はんてん》は子を孕んでいる証拠だ。

「さ、おひとつ」

金兵衛の酌《しゃく》を受け、すっと盃を干す。

落鮎の身をほぐし、箸《はし》をつけた。

「美味《うま》いな」

「脂が乗っておりましょう」

「ふむ」

「それにしても、屁尾《へお》どのは遅い」

もうひとり、八丁堀の廻り方を務める八尾半四郎《やおはんしろう》が来れば会の顔触れは揃う。

三人は投句仲間で、狂歌名もちゃんとあった。金兵衛は一刻藻股千《いっこくもまたせん》、半四郎は屁尾酢河岸《すかし》、三左衛門は横川釜飯《よこかわかまめし》、いずれもふざけた名だ。

強風に足止めでも食らっているのか、半四郎があらわれる気配はない。

「ささ、どうぞ」

金兵衛は銚子《ちょうし》をかたむけ、伊丹《いたみ》の下り酒をまた注いでくれた。

「野分立つと矢も楯《たて》もたまらず、新堀川《しんぼりがわ》あたりに舟を浮かべたくなります」

「舟を」

「はい」

新堀川は蔵前《くらまえ》と入谷《いりや》を結ぶ幅の広い水路で、浅草田圃《あさくさたんぼ》の落とし水を逃がすために築かれた。刈りいれを控えた今時分は、大雨の直後なみに水嵩《みずかさ》もあがっていよう。想像以上に流れも迅《はや》かろうし、くわえてこの風だ。よほどの物好きでもなければ、漕《こ》ぎだそうとはおもうまい。

「船賃をはずめば、棹を握る船頭もおりましょう。天文橋《てんもんばし》のたもとから小舟に乗りましてね、東本願寺を右手に眺め、もんどりうつ川に揉まれながら菊屋橋《きくやばし》をくぐりぬけるのですよ。そのさきに、何があるとおもわれます」

「田圃かな」

「さよう、金色《こんじき》の毛氈《もうせん》が地の果てまでつづいております」

舳先《へさき》の前面には息を呑むような光景がひろがっていると、金兵衛は目を細める。

一面にひろがる黄金の稲穂《いなほ》は風にざわめき、うねうねと生き物のように揺れているのだという。

「見たいな、その景色」

三左衛門も目を糸のように細めた。

故郷の西上州は稲作に適さない土地柄で、米は隣国の信州《しんしゅう》佐久《さく》から買いつける。百姓は生糸《きいと》や絹や煙草《たばこ》をせっせとつくり、七日市藩ではそれらが年貢米《ねんぐまい》の替わりになった。

ゆえに、三左衛門はこうべを垂れた稲穂が風に靡《なび》く景色を知らない。知らないだけに、強い憧れがあった。

「野分の合間を縫って、刈りいれがはじまります」

「ふむ」

「わたしら江戸者は、一日に三度、銀のおしゃりをいただける。そいつを当たり前のことのようにおもっている。野分立つころの田圃を眺めておりますとね、それが大きな勘違いだってことに気づくのですよ。米の一粒一粒には百姓たちの願いが込められている。どうか、どうか、豊作でありますように……耳を澄ませば祈りの声が、風音に混じって聞こえてくるのです」

「なるほど」

今から観にいこうと誘われれば、腰をあげていたかもしれない。

だが、金兵衛は悠然と下り酒を呑みつづけた。

「八尾さまがおみえになるまえに、例のおはなし、済ましておきましょうか」

「例のはなしとは」

「三弦師の娘が惚《ほ》れた相手、そいつを探ってくれと頼まれたでしょう」

「おう、それだ、わかったか」

「だいたいは」

「渋い顔だな」

「ちと、困ったことが」

「惚れた相手は妻子持ちか」

「いいえ、独り者ですがね」

鎌倉《かまくら》河岸にある『菊川《きくかわ》』の手代で、名は忠吉《ちゅうきち》というらしい。

「白鼠《しろねずみ》と呼ばれております」

「白鼠」

「はい、白鼠は商家にとって福の神、真面目を絵に描いたような奉公人ってことですよ」

年は九つ離れているが、おみわと忠吉は相思相愛、連日のように恋文をやりとりするほどの間柄だという。

「鬼も十八、番茶も出花。へちゃむくれで勝ち気な娘でも、娘盛りは可憐な露草《つゆくさ》にも喩えられましょう。文遣いの小僧に聞いたはなしでは、ふたりが良い仲になったのは七夕の晩であったとか」

ふたりは恋の成就を願いつつ、梶《かじ》の葉を川に流した。

付き合ってまだ日は浅いものの、従前からの知りあいらしい。

「小僧は詳しく知らねえようだが、ふたりは幼なじみだそうです」

「ふうん」

「ともかく、七夕の晩以来、日文矢文《ひぶみやぶみ》の取替《とりかわ》せというやつでしてね、喋っているこっちが赤面するくらいだ」

「それなら、何も困ったことなぞあるまい」

「どっこい、ござりました。菊川といえば江戸の琴《こと》三味線卸《おろ》しでは五指にはいる大店《おおだな》、主人の五郎右衛門《ごろうえもん》は忠吉の忠勤ぶりをみとめ、番頭に格上げしたうえで暖簾《れん》分けを考えているとか」

「めでたいはなしではないか」

「本人にしてみれば、それがそうでもない。暖簾分けには条件がひとつありましてね、半年ほどまえに嫁ぎ先から出戻った三十年増を娶《めと》らねばならぬというのです。つまり、大店の暖簾に三十年増がくっついてくるというわけで」

出戻り娘の名はおゆう、五郎右衛門の次女らしい。我儘《わがまま》放題に育ったので嫁ぎ先の姑《しゅうとめ》と険悪になり、一年も経たないうちに実家へ戻された。

忠吉にしてみれば酷《こく》なはなしだ。押しつけられる相手は主人の娘、暖簾分けをあきらめてはなしを断るにしても、馘首《くび》を覚悟しなければなるまい。しかし、十七のときから十年も働いてきた奉公先を、あっさりやめる決断がつくのかどうか。

「とどのつまり、おみわが泣きをみるしかない。金兵衛は、そう読むのか」

「ええ、まあ」

がっくり肩を落とす辰造の顔が、瞼《まぶた》の裏に浮かんでくる。

何とかしてやりたいが、これぱかりはどうしようもない。

最初から事情がわかっておれば、おまつも余計なことを告げずにいたであろう。

いずれにしろ、三弦師の娘は惚れてはならぬ白鼠に惚れてしまった。

「叶《かな》わぬ恋の橋渡し、そいつがお得意なおまつさんなら、この一件、うまく片づけてくれるかも」

「いかにおまつでも、こんどばかりはお手上げだな」

「やはり、そうですか」

金兵衛はやおら立ちあがり、床の間に置かれた三味線を拾いあげた。

「ちちんちととん……あちら立てればこちらが立たず、両方立てれば身が立たぬ、九尺間口に戸が一枚」

巧みに撥を操り、誰もが知っている端唄を口ずさむ。

と、そこへ。

騒々しい跫音《あしおと》が近づいてきた。

「お、ようやくみえられた」
金兵衛が三味線を置いた途端、勢い良く障子が開かれた。
鴨居《かもい》につっかえそうな大男が、濡れ鼠の恰好で立っている。
南町奉行所の半鐘泥棒《はんしょうどろぼう》、八尾半四郎であった。
「ふへへ、物凄え雨風だ。自慢の小銀杏《こいちょう》が飛ばされちまうところだったぜ」
ぎょろ目を剝いてみせる男の年は二十八、雪乃《ゆきの》という片思いの相手がいる。
数々の手柄をあげてきた十手持ちも、恋の橋渡し役はつとまるまい。
風は吼《ほ》えくるい、大声で喋らねばならぬほどになった。
強風は雨雲を呼び、横殴りの雨が板戸を叩きつけている。
半四郎は金兵衛に注がれた盃を干し、豪快に笑っていた。
酒量はすすんでいたが、三左衛門はいっこうに酔えない。
やはり、気になって仕方ない。
辰造父娘が落胆《らくたん》する様子をみたくはないのだ。
野分が去ったら、白鼠の顔でも拝みにゆくか。
拝んでどうなるものでもないが、良い智恵が浮かぶかもしれない。
三左衛門は、わずかな期待を掛けた。

四

野分の被害はかなりのものだった。

長屋の屋根が吹きとんだり、御堂の柱が折れたり、古い橋が流されたり、老人や子供に大勢の怪我人が出たとも聞く。

だが、空を仰げば一朶《いちだ》の雲もない。

「颱風一過《たいふういっか》、光風霽月《こうふうせいげつ》とは、まさにこのことだな」

夏に舞いもどったかのような陽気のなか、三左衛門は鎌倉河岸へ足をむけた。

河岸は内濠《うちぼり》に面し、対岸に流麗な石垣や御殿の甍《いらか》をのぞむことができる。そのせいか、どことなくよそよそしい雰囲気にとりつつまれている。

しばらく散策すると、鎌倉町の端に屋根看板を堂々と掲げた菊川をみつけた。

金兵衛の調べでは、菊川には跡取りの長男がおり、すでにしっかり者の嫁を迎えているという。姉にあたる長女は千石取りの旗本に嫁ぎ、持参金をたんまりはずんだので実家へもどされる恐れはまずない。

五郎右衛門の頭痛の種は次女で出戻り娘のおゆうと、妾に産ませた二十歳《はたち》の次男坊であった。

次男坊は廓遊びが過ぎて、半年ほどまえに勘当されていた。

五郎右衛門の苦労顔を拝んでみたい気もしたが、三左衛門は菊川を素通りし、鎌倉町の裏手へずんずん踏みこんでいった。

たどりついた場所は松下町代地《まつしたちょうだいち》と鎌倉町の狭間、辰造父娘の住む猫屋新道にほかならない。

三弦師の娘と大店の手代は、表通りに出ればちょくちょく顔を合わせるほどの間近に住んでいたのだ。

猫屋新道の猫は根木《ねこ》に由来し、むかしは材木屋が多かったという。

今は三弦師の店が何軒かならび、芸者や箱屋のすがたをちらほら見掛ける。

江戸のはじめごろは色街だったらしいが、もはや、その面影は微塵《みじん》もない。

露地裏では、鼠どもが我が物顔で走りまわっていた。

三味線の胴に張る皮には、猫の皮を使う。猫一匹で一丁、上等な三味線には生後三年までの黒猫の牡《おす》が使われる。剝《は》いだ皮は背割りにして鞣《なめ》し、裂ける限界まで伸ばして張りつける。そうしないと、良い音色は出せない。

嘘のようなはなしだが、猫屋新道に三弦師が居着きはじめたころから、猫は一匹も寄りつかなくなった。猫はおらずとも猫屋新道と呼ぶあたりが、いかにも洒落好きな江戸者らしい。

「ごめん、邪魔するぞ」

三左衛門は「辰」と墨書きされた腰高障子を開け、土間へ一歩踏みこんだ。

上がり框のむこうはがらんとした仕事部屋で、胡坐《あぐら》をかいた三人の弟子が胡乱《うろん》な目をむけてきた。訪ねてくるのは箱屋か粋筋《いきすじ》の女ときまっており、むさ苦しい浪人者の来訪に驚いているのだ。

「親方はご不在かな」

穏やかに糺《ただ》すと、多助《たすけ》という若い職人が応えてくれた。

「へえ、ちょいと近所まで出掛けました。すぐに戻ってまいります」

「それなら、待たしてもらおうか」

多助はすっと立ちあがり、前垂れを取って奥へ引っこんだ。

「おい、茶など淹れずともよいぞ。それより、娘はどうした」

「お嬢さまなら、奥で休んでおられますが」

「夏風邪《なつかぜ》でもひいたのかな」

「まあ、そんなところで」

職人どもがにやけたところから推《お》すと、医者や薬では治せぬ病に罹《かか》ったのだろう。

「親方とのあいだで、ひと悶着《もんちゃく》あったか」

水をむけてみると、職人どもはむっつり黙りこむ。

案じていたとおり、おまつの不用意なひとことが父と娘の気持ちに亀裂を生じさせたのだ。

多助は応えるかわりに、温《ぬる》い茶を淹れてきた。

「どうぞ」

「お、すまぬな。わしのことは気にせず、仕事にもどってくれ」

「へえ」

多助は、小さな砥石《といし》で棹を磨きはじめた。

「その砥石、甘楽《かんら》の御用砥《ごようと》か」

「よくおわかりで」

「甘楽の砥沢村《とざわむら》は故郷に近い」

「さようでしたか」

「ごつごつとした岩山の多いところでな、山がまるごと砥石に化けるのよ」

甘楽郡砥沢村は、中山道《なかせんどう》の脇往還《わきおうかん》として栄えた富岡下仁田《しもにた》街道《かいどう》沿いにある。良質の砥石が採掘されるため、幕府は小さな村を直轄領とし、富岡に御用砥の荷継《につぎ》宿《じゅく》をつくらせた。富岡の町には砥蔵《とくら》屋敷が居並び、七日市藩も運上金《うんじょうきん》のおこぼれにあずかっている。

砥石のはなしで盛りあがり、職人たちは気易い雰囲気に変わった。

多助などは、聞けば何でも親しげに応えてくれる。

「棹や胴は生地仕上げでしてね、顔料や漆《うるし》はこれっぽっちも塗りません」

砥石で丹念に磨き、椿油を塗って艶《つや》を出すのだ。

「その棹、ずいぶん硬そうな木だが、樫《かし》かな」

「細長い棹には樫か桜、四角い胴には桑《くわ》を使います。木っ端でも水に沈むほど硬い木じゃなきゃだめなんですよ」

音響効果を高めるべく、胴の内側には「杉綾《すぎあや》」という波形の彫刻をほどこす。ゆえに、胴の材質を杉と勘違いする素人《しろうと》がけっこういるらしい。

「ついでに申しあげると、絃は近江《おうみ》の春蚕糸《はるごいと》が最上です」

一の糸は太くて三の糸は細く、二の糸はその中間、太さの加減が難しい。

さらに、絃よりも難しいのが、胴の皮張りである。

多助とはまた別の職人が、ちょうど皮張りをやっていた。

他の場所で鞣した猫の皮を木の台に置き、まずは砥石で念入りに擦る。

「皮は黒猫の牡だとか」

「稽古用で犬の皮を使っているところもありますが、うちの親方は黒猫しか使わせません。ああして皮を背割りにして鞣しますと、腹が胴のまんなかにきます。牝猫は乳首が横にひろがりすぎて使えないんですよ。喧嘩《けんか》っ早い牡もだめです、傷物の皮は音に響く」

「なかなかどうして、奥が深そうだな」

「そりゃあもう」

職人は四角い皮の端を折り、口にふくんで噛みつづける。

そうやって軟らかくしたのち、木栓《もくせん》と称する挟み道具で挟む。一方、張り台にのせた胴木の縁《ふち》には竹篦《たけべら》で糯糊《もちのり》を塗りつけておく。張り台と木栓に麻縄《あさなわ》を掛け、楔《くさび》を打って麻縄をきゅっと締めつけるのだ。

そこからさきは、息を詰めるような仕事である。

職人は勘だけを頼りに皮を引っぱり、裂ける寸前まで徐々に張ってゆく。

「おもしろいな」

職人の手仕事は、いつまで眺めていても飽きない。

本来の目的を忘れかけたところへ、辰造が舞いもどってきた。

「あ、浅間さま」

「近所に用があってな、ついでに立ちよらせてもらった」

「そいつはどうも。むさ苦しいところでやすが、あがっておくんなさい」

「いや、すぐに暇《いとま》する」

「そうですかい」

探るような目をむけられ、三左衛門は空咳を放った。

「じつは、うちのがえらく気にしおってな」

「何をでごぜえやすか」

「親方に余計なことを告げた、そのせいで親方と娘御に嫌なおもいをさせたのではないかと、ずっと思い悩んでおる。正直、飯もろくに咽喉《のど》を通らぬ始末さ」

「そいつはいけねえ、かえってご迷惑を掛けちまったようだ。このとおり、おまつさまにゃ感謝しておりやすと、そう、お伝えくだせえ」

「どういうことかな」

「おかげさまで、莫迦娘の行状がわかりやした。おみわのやつは親に黙ってこそこそと、文を交わしていやがった。しかも、お相手は菊川の手代……いや、番頭さんになろうってお方だ」

「惚れあっておるのだ、許してやればよいではないか」

「そうは烏賊《いか》の睾丸《きんたま》でやす」

「何で」

「身分がちがう」

辰造は、仕上げた三味線のほとんどを菊川に納入している。いわば、下請けのようなものだ。が、菊川の奉公人と娘が結びついたからといって、身分を気にすることはない。ほんとうは、忠吉に課された暖簾分けの条件を小耳に挟み、心配を募らせたにちがいない。

「おみわが気持ちを変えねえようなら、先様にご迷惑が掛かりやす」

「そいつは相手の気持ち次第、付き合えぬというのなら、そう伝えてこようさ」

「伝えていただけるんなら、何も心配はしやせん。伝えてこねえのが心配なんです」

「どうして」

「言っちゃわりいが、白鼠ってやつは、おもいつめると何をしでかすかわからねえ」

「ふうむ」

三左衛門は唸った。

芝居で人気の心中物ではないが、忠吉とおみわが手と手を取りあい、道行《みちゆき》でもしやしないかと、辰造は気が気でならないのだ。

「浅間さま、おみわはたったひとりの娘だ。あっしは娘を失いたかねえんです」

辰造は俯き、搾《しぼ》りだすように吐きすてる。

「すまぬ、そこまで考えが至らなかった」

三左衛門が素直に詫びると、鬼瓦のような職人の目から涙が零《こぼ》れおちた。

五

帰路、西の空は茜《あかね》に染まっている。

菊川のまえを行きつ戻りつしながら、三左衛門はついにその場を離れた。

どう考えても、敷居をまたぐ理由がみつからない。

赤の他人である自分が主人の五郎右衛門と直談判《じかだんぱん》し、忠吉とおみわをいっしょにさせてほしいと頼むのは、やはり、筋違いというものだ。

五郎右衛門の人となりを見極めようにも、訪ねた用向きの口上が浮かばない。

涼しげなのは眼差しだけで、三左衛門の風体はむさ苦しい浪人者にすぎぬ。敷居をまたいだ途端、質《たち》の悪い強請《ゆす》りか物乞《ものご》いと勘違いされるのがおちだ。

「出直すか」

出直すといっても、つぎはいつになるのかわからない。

中途半端な心持ちで河岸を歩んでいると、竜閑橋《りゅうかんばし》のそばで瓦礫《がれき》を片付けている若者を見掛けた。

「ん、もしやあれは」

梟の五郎助である。

強風に飛ばされた家屋の後片付けをしているようだ。

かたわらには老婆が屈み、熱心に念仏を唱えている。

家を失った住人であろうか。

五郎助は哀れな老婆を抱きかかえ、大八車に乗せてやった。

みずから梶棒《かじぼう》を握り、どこかへ引っぱってゆこうとしている。

「おい」

三左衛門は小走りに近づき、にっと笑いかけた。

「げっ」

五郎助は眸子《まなこ》を瞠《みは》り、咄嗟《とっさ》に顔を隠そうとする。

「隠れずともよかろう。そちらは、おぬしの母《かか》さまか」

「んなわきゃねえだろう」

「赤の他人を助けるのか、偉いな、見掛けによらず良いところがある」

「るせえ。おめえと付き合ってる暇はねえんだ」

「おぬし、この近所に住んでおるのか」

「どけ、おめえとは喋りたかねえ」

「浅草での威勢はどうした。わしの名を糺し、この借りはきっと返えしてやると、吼えたであろうが」

「忘れちゃいねえさ。いずれ寝首を掻いてやる」

「おっと、そいつは御免蒙《ごめんこうむ》りたいな。何なら、ここで謝ってもよいぞ」

「何を謝る」

「満座で恥を掻かせたことをさ」

「土下座《どげざ》でもするってのか」

「易々《やすやす》と土下座はできんな」

「ならだめだ。謝ったことにゃならねえ」

「まあ、そうやって目くじらを立てるな」

「おめえ、三弦師を訪ねたのか」

「ほう、勘が良いな」

「どうして、他人様の事情に首を突っこむ」

「他人様の事情とは」

「おみわのことだよ」

「ほほう、驚いた。おぬしたち、知りあいだったのか」

「答えろ、どうして首を突っこむ、ただのお節介焼きか」

「袖摺《そです》り合うも他生《たしょう》の縁、躓《つまず》く石も縁の端と申すであろう」

「お節介焼きの切り口上か。ふん、まあいいや、おめえなんぞと関わっても埒《らち》が明かねえ、どけ、婆さまが石地蔵になっちまう」

大八車にちょこんと座った老婆は、あいかわらず念仏を唱えている。

三左衛門は、渋い顔で顎を撫《な》でた。

これ以上、引きとめる理由もない。

「ふん、あばよ、竹光野郎」

五郎助は捨て台詞を残し、大八車を引きながら遠ざかってゆく。

杏色《あんずいろ》の大きな夕陽が、五郎助と老婆の背を真っ赤に染めていた。

「ちちんちととん……鮎は瀬に住む鳥ゃ木に止まる、人は情けの袖に住む」

よく知られた端唄の節まわしが、口を突いて出てくる。

気を取りなおして川端を歩みかけると、誰かに声を掛けられた。

「あの……」

振りむけば、前垂れの若者が立っている。

「……お待ちください、お侍さま」

「おぬしは、辰造のとこの多助か」

「へえ」

「どうした」

「お届け物の帰り道でお見掛けしたものですから……あの」

「何だ」

「大八車の若い衆、あのお方は菊川のご次男ですよ」

「まことか」

「へえ」

「驚いたな。多助、親方はおぬしに平内堂での一件を喋ったか」

「お聞きしやした。お嬢さまが五郎助さまにからかわれたのだとか」

辰造は五郎助のことを隠していた。おまつも、おみわから告げられていない。

「何やら、裏切られた気分だな」

「お相手は菊川のご次男です。親方もお嬢さまも喋りたくなかったのでしょう」

「次男坊はたしか妾の子だったな、半年前に勘当の身になったとか」

「へえ、今は湯島《ゆしま》の権八《ごんぱち》という金貸しのところで、厄介になっていると聞きました」

権八の良くない噂なら、小耳に挟んだことがある。

簡単に言えば成金、人の情けがわからぬ金の亡者だ。

「五郎助さまは性悪《しょうわる》なお方じゃありません」

兄や姉たちと年が離れているため、父親の五郎右衛門にはいちばん可愛がられた。ところが、十七、八のころから廓通いと博打《ばくち》にのめりこみ、湯島の権八に大きな借金をつくってしまった。

「借金のかたに、ご自身を取られちまった。菊川の旦那さまが借金を肩代わりなされないかぎり、生涯、ただ働きをさせられるはめになっちまったんです」

「ふうん、いろいろ事情があるのだな」

「あの……もうひとつ、聞いていただきたいことがございます」

「何だ」

「菊川の白鼠ですが、じつは手前の兄《あに》さんなんです」

「なに」

「十二年前、手前ども兄弟は親方に拾ってもらいました。だから、お嬢さまとは兄妹のように育ちました」

「なぜ、それを黙っておったのだ」

「親方は口の重いお方です、どうかご勘弁を」

「おぬしが謝ることはない」

詳しい事情は口が裂けても言えぬと前置きし、多助は自分たち兄弟の素姓《すじよう》を語りはじめた。

忠吉は二十七、多助は二十二、五歳ちがいの兄弟の実家は佐渡《さど》で百姓をしていたのだという。双親はもうこの世にいない。親類縁者の生死は不明で、ほとんどの者は亡くなったにちがいないと、わけのわからないことを抜かす。

それでも、三左衛門は黙って耳をかたむけた。

襤褸布《ぼろぬの》を着たふたりが江戸へ出てきたのは今から十二年前、忠吉は十五、多助は十、おみわはまだ六つのころだ。兄弟が右も左もわからず途方に暮れていたとき、たまさか救いの手を差しのべてくれたのが辰造であった。ふたりの事情をすべて知ったうえで、寝る場所と食事を与えてくれたのだという。

「親方は神様です」

弟とちがって手先が不器用な忠吉は、三味線づくりにむいていなかった。すぐにそれと見抜いた辰造が菊川の主人に頼みこみ、丁稚奉公《でっちぼうこう》させてもらったのだ。

「十年前のはなしです。兄さんは寝食も忘れるほど奉公に励みました。こんな近くにいるってえのに、兄弟ではなしができるのは年二回の藪入りの日だけ。淋《さび》しいおもいもしましたが、親方のご恩に何とか報いたいと、それだけを胸に願いつつ、ふたりで頑張ってきたのです」

多助は遠い目をしながら、情感を込めて語りつづけた。

「江戸で暮らしてりゃ白い飯《まま》を口にできます。佐渡の田舎じゃ考えられねえことです。百姓にゃ江戸の水は馴染《なじ》まねえのかもしれねえ。でも、ほかに生きる場所はねえんです。親方やお嬢さまにご迷惑が掛かるとわかっていても、お世話になるしか道はねえ。おれはもっと生きてえ、一人前になって親方に恩返しがしてえんです。兄さんだって、おんなじおもいのはずだ」

恩人への気持ちと恋情は、別ということなのか。

白鼠は兄妹のように育った三弦師の娘と恋仲になった。

恋情をつらぬきとおすには、菊川をやめる覚悟がいる。

やめてしまえば、親方の顔に泥を塗ることにもなりかねない。

それだけは死んでもできぬ。かといって、おみわと別れられるのか。

白鼠の忠吉は今、究極の決断を迫られているやにおもわれた。

「浅間さま、すっかりお手間をとらせちまって、申しわけありません」

「気にいたすな。そんなことより、なぜ、いろいろ喋ってくれたのだ」

「お見掛けしたら、黙っていられなくなったのでございます。浅間さまは信用のできるお方、見返りがなくとも人助けのできるお方だと、親方に教えていただきました。それが真のお侍というものでございましょう」

「忠吉とおみわのことは、わしにはどうにもならぬぞ」

「わかっております」

多助は淋しそうに言い、がっくり肩を落とす。

恋の成就を願いつつも、その困難さがよくわかっているのだ。

「では な、わしは行くぞ」

三左衛門は多助の肩をぽんと叩き、鎌倉河岸をあとにした。

往来には人影が長く伸び、竜閑橋を涼風が吹きぬけてゆく。

土手に咲きみだれた紅い花は、鳳仙花《ほうせんか》であろうか。

おすずとおなじ年頃の女の子たちが、花弁を懸命に摘みとっている。

鳳仙花は「つまべに」とも呼ぶ。花弁を爪に塗って遊ぶのだと、おすずに聞いたことがあった。

橋の手前で振りむくと、多助はしょぼくれた茄子《なす》のように、そこにまだぽつんと立っていた。

六

つくつく法師《ぼうし》が鳴きやんだ。

ひょっとしたら、最後の法師蟬《ぜみ》かもしれぬ。

「法師蟬、精根尽きてあの世逝き」

金兵衛の詠んだ川柳にも笑えない。

暦が葉月《はづき》に変わって三日目、朝靄《あさもや》につつまれた内濠に、おゆうの屍骸《むくろ》が浮かんだ。

菊川の出戻り娘が、何者かに殺されたのだ。

朝一番で御用聞きの仙三《せんぞう》が報せてくれ、仙三の後ろ立てでもある金兵衛のもとへ、三左衛門は押《お》っ取《と》り刀《がたな》で馳《は》せさんじた。

すでに朝靄は消え、柳橋に軒をならべる楼閣風の茶屋は、川面に映った朝陽の照りかえしを浴びている。

軒端にはまだ、舟形の吊荵《つりしのぶ》が吊ってあった。

汀《みぎわ》の舟寄せには荷を積んだ小舟がつぎつぎに漕ぎよせ、荷役夫たちが忙しなく働いている。川端には車力《しゃりき》や出職《でしょく》や小女たちが行き交い、いつもとおなじ朝のいとなみがはじまっていた。

金兵衛は、眉間《みけん》に皺《しわ》を寄せた。

「おゆうの屍骸が浮かんだのは、竜閑橋のそばらしい」

「菊川の鼻先か」

「左胸に匕首が刺さっておったとか、のう、仙三」

「はい、八尾の旦那が仰《おっしゃ》るには、殺《や》られてから二刻（四時間）も経っていなかろうと」

「二刻前といえば丑《うし》ノ刻（午前二時）、そんな時刻に大店の娘が外を彷徨《うろつ》いておったのか」

三左衛門が訝《いぶか》しむと、仙三はゆっくり頷いた。

「妙でやしょう。あらかじめ、おゆうは誰かと落ちあうことになっていた。そいつに殺られたにちげえねえと、八尾の旦那は読んでおられやす」

「ふうむ」

腕組みをしたところへ、若い衆が朝餉《あさげ》の膳をはこんできてくれた。

「粥《かゆ》ですよ」

と、金兵衛が微笑む。

朝粥には梅干しと塩昆布《しおこんぶ》さえあれば、ほかは何もいらない。

三左衛門は粥を流しこみながら、忠吉とおみわの胸中をおもった。

開けはなたれた窓からは、ひんやりとした川風が迷いこんでくる。

雲ひとつない快晴なので、日中は汗ばむほどの陽気になりそうだ。

「じゃっ、あっしはこれで」

仙三は粥を食うと、早々に飛びだしていった。

「仙三のやつ、菊川の奉公人を片端から当たってまわる気だな」

「金兵衛は、どう読む」

「さあて、おゆうは誰かに呼びだされたのか、自分のほうで呼びだしたのか、どっちにしろ、顔見知りと逢っていたのでしょう。何かの事情で、そいつに殺《あや》められた。相手が懐中に匕首を呑んでいたとなりゃ、最初《はな》から命を絶つのが狙いだったのかも」

「いやな予感がする」

「白鼠ですか」

「ふむ」

「からんでいるかもしれませんな。ま、八尾さまがみえたら、そのあたりを伺うこともできましょう」

それから二刻ほど経過したころ、八尾半四郎が騒々しく夕月楼にあらわれた。

「ふう、厳しい残暑だぜ」

上座にどっかり腰を下ろすや、絽羽織《ろばおり》を脱ぎ、裏白の紺足袋《こんたび》も脱ぐ。手拭いで月代を拭き、着流しの襟元《えりもと》をひろげて首筋の汗も拭う。

「さ、八尾さま」

金兵衛に注がれた冷や酒を呷《あお》り、ようやく人心地《ひとごこち》がついたところで、半四郎は肩の力を抜いた。

「菊川の娘は仰向けでな、内濠にぷっかり浮かんでおったぞ。父親の五郎右衛門はみるも無惨《むざん》に悄《しょ》げておったわ。心配を掛けられた子ほど可愛いというからな。五郎右衛門が汀に花を手向《たむ》けたときなんざ、おもわず、こっちも貰い泣きしちまったぜ」

「八尾さま、下手人《げしゅにん》の手懸かりはどうです」

金兵衛が水をむけると、半四郎は二杯目の冷や酒を呷り、空になったぐい呑みを差しだした。

「ねえことはねえ。白鼠が今朝から行方知れずだ」

「まさか、忠吉が殺ったと」

「忠吉は出戻りのおゆうを押しつけられようとしていた。暖簾分けの条件だ。そいつを断ったら、もう菊川には置いてもらえねえ。勝手に自分でお払い箱になると考えた。ところが、忠吉にゃ良い仲の娘がおってな」

「三弦師の娘、おみわ」

と、三左衛門が口を挟んだ。

「ほう、浅間さんはおみわをご存じで」

「これには、ちと事情がありまして」

平内堂からの経緯をかいつまんで説明すると、半四郎はつまらなそうに顎を掻いた。

「ふうん、そんなことがあったのか。ともかく、白鼠にしてみりゃ三弦師の娘と別れたかねえし、菊川にも居つづけてえ。おもいつめたあげく、おゆうを殺めようとおもった」

「そいつはまた、ずいぶん思慮が浅くはありませんかね」

「なら金兵衛よ、おゆうが悋気《りんき》を抱いたって筋はどうだ」

自分は出戻りとはいえ大店の娘、嫁になってやるというのに、忠吉は使用人の分際で色好い返事を寄越さない。

「調べさせてみると、忠吉は三弦師の娘とできていた。そいつはどうあっても許せねえってんで、懐中に匕首を呑み、みなが寝静まった丑ノ刻に忠吉を呼びだした。匕首を抜いて斬りつけたが、もつれあっているうちに自分の胸を刺しちまった」

どっちにしろ、忠吉は殺しに深く関わっていると、半四郎は言いたいのだ。

「しかもな、丑ノ刻に白鼠をみたものがいる」

「え」

「昨晩、忠吉は女と逢っていた。月影もおぼつかねえ真夜中、河岸の端にある水神さまの裏でな。そいつを女中頭のおかつがみた」

女中頭は厠《かわや》に起きたとき、忠吉が勝手口から出てゆくのを見掛けた。好奇心に駆られ、夜着《よぎ》のままあとを跟《つ》けたのだという。

「女がおゆうなら、言い逃れはできぬな」

金兵衛に促され、三左衛門は膝を乗りだす。

「八尾さん、女はおゆうだったのですか」

「肝心なところがはっきりしねえ。どっちにしろ、白鼠は消えた。町方は必死で行方を捜している」

「八尾さんは、おみわに逢う気なのですね」

三左衛門が糺すと、半四郎の眸子が鋭く光った。

「白鼠の行方を知っているかもしれねえしな」

「じつは、三弦師のもとへおまつが伺っておりましてね。おみわのことは、ちと任せてみてはもらえませんか」

「え、任せるって、おまつさんに」

「はい、このとおりです」

三左衛門は肘を張り、あたまをさげた。

「浅間さんがそれほどまでに仰るなら仕方ない。ま、考えてみりゃ、おまつさんに任せたほうがよさそうだ。なにせ相手は十八の小娘、十手持ちに怖え顔で糺されたら、貝のように黙っちまうにきまっている。へへ」

「かたじけない」

「何も、浅間さんが謝ることたあねえ。おっと金兵衛、一句できたぞ」

「聞きましょう」

「白鼠、惚れた女に恨み言」

「ふむ、ではわたしめも。忠忠と忠義尽くして姿消し」

「なあるほど、忠吉の忠は鼠鳴きの声ってわけだな。それにしても、字余りがひどすぎねえか」

「そいつはご勘弁を」

金兵衛はぺぺんと額を叩き、あたまを掻いた。

三左衛門は笑えず、渋い顔で盃をかたむけた。

七

五郎助は丁半博打にのめりこみ、そこいらじゅうから七所借《ななとこが》りをやっていた。なかでも、湯島の権八に借りた高利の借金は三百両余りに膨《ふく》れあがった。父親の五郎右衛門は堪忍袋《かんにんぶくろ》の緒《お》を切らし、灸《きゅう》を据えるために五郎助を勘当したのだ。

そうした経緯を、仙三は聞きだしてきた。

女中頭のおかつを呼びだし、髪を綺麗《きれい》に結ってやったのだという。

髪を結われているとき、おしなべて女は警戒を解く。巧みに誘導され、おかつは「五郎助さまはたびたび、帳場の金をくすねておられました」と告白した。しかも、そのことを、おゆうと忠吉だけが知っていた様子だったというのである。

五郎助は幼いころから次女のおゆうに可愛がられており、おゆうと五郎助は何かと忠吉を頼りにしていた。

さらにもうひとつ、おかつは気になることを吐いた。

昨晩、丑ノ刻前後に、梟の鳴き声を聞いたというのだ。

これについては、ほかにも奉公人の何人かが聞いていた。

千代田城《ちよだじょう》の紅葉山《もみじやま》には梟がいるらしい。だが、鎌倉河岸で梟の鳴き声を聞いたことはない。めずらしいことなので、奉公人たちの耳にのこっていたのだ。

「五郎助奉公、襤褸着て奉公」

三左衛門のなかで、五郎助の存在が膨らみかけている。

五郎助の綽名《あだな》は、耳にそう聞こえる梟の鳴き声に由来する。羽角《うかく》と呼ぶ耳のない梟は、夜になると森のなかで活動を開始する。昼間はじっとしているのでおとなしそうにみえるが、野鼠などを好んで捕食するという。

ひょっとしたら、おゆうを呼びだしたのは五郎助だったのかもしれない。

おゆうと五郎助は腹ちがいの姉弟だが、仲が良かった。

勘当の身とはいえ、おゆうは弟のことを抛《ほう》っておけなかったにちがいない。

しかし、五郎助はいったい、何のために姉を呼びつけたのか。

そして、おゆうは誰に命を奪われたのか。

新たな疑念が、つぎからつぎにわいてくる。

一方、おまつによれば、おみわは床に臥《ふ》せってしまい、何を聞いても首を振るばかりだという。

おゆうが殺められたこともそうだが、恋い慕う忠吉が行方知れずになったことに衝撃を受けているのだ。おまつは半日余りも褥《しとね》のそばで看病しながら粘ったが、おみわの容態に回復の兆しはみられず、溜息を吐きながら照降町へ帰ってきた。

三左衛門は、おまつと入れ替わるように部屋を出た。

夕陽を映す神田川を背にして、鎌倉河岸へ足をむけたのだ。

公事宿《くじやど》のならぶ馬喰町《ばくろちょう》を突っきり、浜町《はまちょう》と繋がる竜閑川に沿って西をめざす。

真正面の彼方に聳《そび》える千代田城の甍は、赤銅色《しゃくどういろ》に照りかがやいていた。

「五郎助奉公、襤褸着て奉公」

梟の鳴き声を真似ながら、三左衛門は鎌倉河岸にやってきた。

まっすぐに猫屋新道へむかい、三弦師のもとを訪れる。

多助は使いに出ており、辰造が板間の隅に座っていた。

みるからに憔悴《しょうすい》しきっており、目を赤く腫《は》らしている。

弟子たちは黙々と、三味線づくりに精を出していた。

「邪魔するぞ」

上がり框まで歩をすすめると、辰造が生気の失った顔をあげた。

「これは、浅間さま」

「おみわの様子はどうだ」

「おかげさまで、粥を少し口にしやした」

「ほう、そいつはよかった」

「おまつさまにゃ、すっかりお世話になっちまって」

「困ったときはおたがいさま、おまつも久米平内の結んだ縁だけに見過ごすことができぬのよ。おみわが妹のようにおもえてきたなぞと、勝手なことを抜かしておったぞ」

「ありがてえこって」

辰造は、ぐすっと洟水《はなみず》を啜った。

「親方、おみわのことは弟子たちに任せて、ちと付き合わぬか」

乗り気でない辰造の袖を引き、三左衛門は外へ誘いだした。

表通りの辻まで歩み、あらかじめみつけておいた縄暖簾《なわのれん》をくぐる。

「旦那、酒を呑む気分じゃねえんです」

「一杯くらいよかろう、な」

「へ、へえ」

床几《しょうぎ》に座り、酒を二合注文した。

客は何人かいる。

禿《は》げた親爺が酒肴《しゅこう》を携えてきた。

辰造とは顔見知りらしく、軽く会釈をする。

酒は安物で、肴は佃煮《つくだに》と冷《ひ》や奴《やっこ》だ。

三左衛門は温燗《ぬるかん》の銚釐《ちろり》をかたむけた。

「さ、親方、いける口なのだろう」

「お待ちを、あっしのほうから注がせてくだせえ」

銚釐を奪われ、盃に盈《み》たされた酒を一気に呑みほすと、辰造の顔がわずかに弛んだ。

「それじゃ、ご返杯を」

「ふむ。ま、固くならずにいこう」

「へい」

辰造は美味そうに盃を干し、二杯目を注いでも断りはしなかった。

「酒というものは重宝だな、酔えば気分も楽になる」

「まったくで」

「さっそくだが、聞きたいのは忠吉のことだ。多助の兄らしいな」

「へ、へい」

「なぜ、黙っておった」

「事情がごぜえやして」

「忠吉はな、おゆう殺しの疑いを掛けられておるのだぞ」

「そいつは、まことですかい」

「まことさ」

「忠吉が人を殺めるなんて、しかも、菊川のお嬢さまを……そんな、できるわけがねえ」

「わかっておる。忠吉のことを詳しく教えてくれぬか」

「へい」

辰造は返事をしながらも、わずかに躊躇《ためら》った。

そして、おもいなおしたように重い口を開いた。

「忠吉と多助の実家は佐渡の百姓でやした。ふたりはお上に素姓が知れたら、お縄にされちめえやす」

「どういうことだ。口外はせぬ、約束する」

「おはなしいたしやしょう。ふたりは逃散《ちょうさん》百姓の生き残りなんで」

十二年前、佐渡雑太郡《さわたごおり》幕領相川《あいかわ》で、年貢を納められぬ百姓たちが挙《こぞ》って村を捨てるという由々《ゆゆ》しき事態が勃《お》こった。主立った者たちは捕縛《ほばく》され、死に首を獄門台《ごくもんだい》に晒《さら》されたが、一部は江戸や大坂へ逃げのびた。

逃散の仕置きは一揆《いっき》と同様に厳しい。女子供であろうとも、みつかれば斬首は免れない。

やはり、兄弟には他人に口外できぬ事情があったのだ。

事情を知りながら匿《かくま》っている辰造は、並の男ではない。

みずからも捕まれば死罪になるのを覚悟で、俠気《おとこぎ》をみせたのである。

「そんな親方を、忠吉が裏切るはずはなかろう。行方知れずになった裏には、きっと深い事情があるはずだ」

「へい」

辰造は注がれた酒を呷り、耳まで真っ赤に染めた。

「忠吉のやつ、おみわなんぞに惚れちまいやがって」

「惚れたから、どうだというのだ」

「菊川の旦那さまのご厚意を、素直に受けりゃよかったんだ。五郎右衛門さまだけは、忠吉の素姓をご存じなのです。十年前、すべておわかりになったうえでお預かりいただき、あそこまでにしていただいた。もちろん、まだまだ半人前でやすが、雪国生まれだけに粘りがあると、旦那さまには見込んでいただいた。しかも、お嬢さまを娶らせていただき、暖簾まで分けていただける。そんなもったいないはなしは、めったにあるもんじゃねえ。だのに、忠吉のやつは返事を渋りやがった」

辰造は「どうしたものか、何か心当たりはないか」と、五郎右衛門から秘かに相談を受けていたという。

そのときは、まさか自分の娘と恋仲になっているとも知らず、ただ平謝りに謝るだけだった。さらに、事情を知ってからは恥ずかしくて、菊川の敷居をまたぐこともできなかったという。ともかく、おみわを叱りつけ、どうでも「別れろ、別れろ」と繰りかえした。

そうした折、おゆうが何者かに殺された。

とるものもとりあえず弔問《ちようもん》に伺ってみたが、五郎右衛門は愛娘《まなむすめ》を失った衝撃に打ちひしがれ、はなしができる様子ではなかった。

「線香だけをあげさせてもらい、早々に帰《けえ》ってくるしかありやせんでした」

「そうかい、それは辛かったな」

「浅間さま、忠吉はじつの倅《せがれ》も同然なんです。五郎右衛門さまからお受けしたご恩を、あの莫迦は仇《あだ》で返《けえ》しやがった。菊川の旦那さまにゃ、合わせる顔がねえ」

「忠吉がおみわに惚れたことと、おゆうの死が関わっているとはかぎらぬぞ。親方、忠吉を信じてやることだ。少なくとも、真相がわかるまではな」

ふたりは杯をかさねた。

辰造は床几に俯し、鼾《いびき》を掻きはじめている。

よほど疲れていたのだろう。

しばらく待って起きないようなら、背負って帰ろうと、三左衛門はおもった。

八

縄暖簾を振りわけて道へ出ると、外はもう暗かった。

今は戌《いぬ》の五つ半（午後九時）、一刻半余りも呑んでいたことになる。

三左衛門は眠りこけた辰造を背負い、猫屋新道へ舞いもどってきた。

辻や露地に提灯《ちょうちん》が行き交い、何やら男たちが叫んでいる。

胸騒ぎをおぼえた。

誰かが血相を変えて駈けてくる。

「多助か」

「浅間さま、お嬢さまが居なくなっちまった」

「なんだと」

背中の辰造がもぞもぞ動いた。

「あ、親方」

地べたにおろすと、水母《くらげ》のようにふにゃりとなる。

「多助、親方を頼むぞ」

「へえ」

「その灯を寄越せ」

三左衛門は多助から龕灯《がんどう》を奪い、河岸のほうへ駈けだした。

あてがあるわけではないが、内濠の汀を捜そうとおもったのだ。

水神の祠《ほこら》の裏手から、汀へとつづく苔生《こけむ》した石段を降りてゆく。

月明かりは心もとなく、龕灯の光だけが頼りだ。

目を凝《こ》らして、内濠の水面を睨みつける。

小さな水飛沫《みずしぶき》とともに、金色の鯉《こい》が跳ねた。

屍骸が浮かんだのは、竜閑橋のそばと聞いた。

汀をすすみ、真下から橋を見上げてみる。

橋桁《はしげた》をつたって欄干《らんかん》までは、かなりの高さがあった。

鬱然《うつぜん》とした闇のなかに、石積みのなされた内濠の壁がそそりたっている。

痩せた人影がひとつ、欄干にあらわれた。

女か。

「お」

龕灯を差しむける暇もなく、花色模様の袂《たもと》がふわりと宙に舞った。

ばしゃっと、水飛沫が撥《は》ねあがる。

「おみわ」

まちがいない。おみわはおゆうが死んだ責めを負い、内濠へ身を投げたのだ。

「くそっ」

大小を鞘ごと抜いて着物を脱ぎ、褌《ふんどし》一丁になった。

龕灯を翳《かざ》し、おみわが飛びこんだあたりを確かめる。

そのとき、別の人影が橋の欄干から身をひるがえした。

「うひょう」

叫びが聞こえた。

男だ。

刹那、大きな水飛沫が立ちのぼった。

「人だ、人が落ちたぞ」

橋のうえが、にわかに騒がしくなった。

叫び声が錯綜《さくそう》し、欄干に野次馬《やじうま》が集まってくる。

夜も遅いので、さほどの数ではない。

汀におりているのは、三左衛門だけだ。

褌一丁で龕灯を翳し、じっと水面を窺っている。

溺《おぼ》れかけた女を、男が必死に救おうとしていた。

「がんばれ、落ちつけ」

三左衛門は、叱咤激励《しったげきれい》するだけだ。

じつは、泳ぎがあまり得意ではない。

勇んで助けにむかい、自分が溺れてしまうことを怖れた。

「おうい、こっちだ、こっち」

膝まで水に浸かり、龕灯を振りつづけた。

男は腕を曲げて女の顎を引っかけ、汀まで何とか泳ぎついた。

「ようやった」

女はおみわだ。蒼白な顔で気を失っている。

男のほうは水際に這《は》いつくばり、ごろんと仰向けになった。

「女を助けてやってくれ……おれはだめだ、もう動けねえ」

三左衛門は駈けより、男の顔を覗きこむ。

「おぬし、五郎助か」

「うへっ」

五郎助は驚いたように、上半身を起こした。

「案ずるな、わしだ」

「おめえは、竹光侍か。なんだ、その恰好は」

「え」

褌一丁でいることを忘れていた。

「んなことは、どうだっていい」

三左衛門はぺしっと尻を叩き、気合いを入れた。

かたわらに横たわるおみわのからだが、氷のように冷たくなっている。

「五郎助、着物を脱がせろ」

「へ」

「ぐずぐずするな、裸にして肌をさするのだ」

「いやだ、おれにゃできねえ」

「莫迦たれ、命に関わることだぞ」

三左衛門は手っとりばやく、おみわの着物を剝ぎとった。

真っ白な裸体には鳥肌が立っている。

三左衛門は四肢の付け根や先端、小振りの乳房や脇腹、尻にいたるまで片っ端からさすりはじめた。

「何をしやがる」

「阿呆、このまま冷たくなったらどうする、早く手伝え」

「くそったれ」

五郎助はおみわの裸体から目を逸《そ》らし、怖《お》ず怖《お》ずと手を伸ばす。

「遠慮しておるときか、真剣にやれ、おみわに死んでほしくなかったらな」

きつく叱られ、五郎助は必死になりだした。

四肢をこすり、抱きおこして背中をさすり、頬を軽く張ってやる。

しばらくすると、紫色の唇もとに赤みがさしてきた。

全身に生気が舞いもどり、おみわのからだが火照《ほて》ってくる。

「ひとまずは、これでよい」

三左衛門は裸体のうえから、自分の着物を纏わせた。

「よいしょっと」

尻に褌を食いこませたまま、おみわを背中に担ぎあげる。

「五郎助、わしの大小を拾ってくれ」

「くそっ、ひとを顎で使いやがって」

五郎助は文句を言いつつも、三左衛門の大小を抱えこむ。

「大刀はどうでもよいが、脇差は粗略にあつかうなよ。それは葵下坂《あおいしもさか》というてな、越前康継《えちぜんやすつぐ》の業物《わざもの》じゃ。売れば五十両はくだるまい」

「ふん」

五郎助は、小莫迦にしたように鼻を鳴らす。

信じていないのだ。無理もあるまい。褌一丁でものを言う痩せ浪人のことばなど、信じろというほうがおかしい。

「おうい、生きておるかあ」

頭上から、野次馬どもの声が聞こえてきた。

五郎助の耳が、ぴくりと動いた。

「何をびっておる。わしについてこい」

三左衛門は濡れ鼠の五郎助をしたがえ、苔生《こけむ》した石段を登りはじめた。

「旦那、待ってくれ」

「どうした」

「やっぱし、いっしょにゃ行けねえ」

「おぬしは人ひとりの命を助けたのだ、堂々としておれ」

「だめだ、おいらは命を狙われている」

「事情はあとでゆっくり聞いてやる」

「ゆっくりしてもいられねえんだ」

「なぜ」

「忠吉のやつを人質にとられている」

「誰に」

「湯島の権八だよ。権八は怖え毒蛇《どくじゃ》を一匹飼っているんだ」

「毒蛇」

「ああ、巳介《みすけ》っていう人殺しさ。そいつが姉さんを殺りやがった。ちくしょう、帳場の金をもってこさせるだけだって言ったのに」

「忠吉も巻きこんだのか」

「ああ、そうさ。悪いのは、みいんなおいらなんだよ」

五郎助は権八のもとを飛びだし、鎌倉河岸の番屋へ駆けこもうとおもったらしい。ところが、いざとなると勇気が出ず、竜閑橋の辺りを彷徨《うろつ》いていたところ、偶然にもおみわをみかけた。

「おぬし、なぜ、平内堂でおみわを嘲《あざけ》ったのだ」

「忠吉と別れさせようとおもってな、事あるごとに難癖をつけていたのさ。忠吉は気持ちの良い男だ、おみわにゃ申し訳ねえが、姉さんといっしょになってほしかったんだよ」

「そうなりゃ、遊び金の工面《くめん》も楽になるしな」

「んなことは考えてねえぞ。おれは姉さんが幸せになってほしいとおもっただけだ」

「おみわを泣かせてもか」

「まだ十八だぜ。いくらだってやりなおしはきく」

「そうか、まあよい。今は、おみわの介抱《かいほう》がさきだ。おぬしはどこへも行くな、辰造の家でじっとしておれ」

「でも」

「わしに任せておけ、わるいようにはせぬ」

「へん、竹光侍に何ができる……ふえっ、ふえっくしょい」

「ほうら、おぬしも帰って暖まるのだ、風邪をひくぞ」

五郎助は、借りてきた猫のようにおとなしくなった。

天神の祠《ほこら》のあたりには、野次馬どもが待ちかまえている。

そのなかには、今にも泣きだしそうな辰造の顔もあった。

「お、おみわ」

「親方、案ずるな、命に別状はない」

横から、多助が飛びだしてくる。

「五郎助さま」

五郎助は、ぷいと横をむいた。

「お嬢さまを……助けていただいたんですね」

「そうだ、多助、五郎助がおみわを助けたのだ」

三左衛門がかわりに応じると、辰造が五郎助にあたまをさげた。

「若旦那、ありがとうごぜえやす」

「やめてくれ、おいらはもう若旦那なんかじゃねえ。おいらは小せえときから、親方にゃ叱られれっぱなしだった。おっかねえ親方にあたまをさげられたら、むず痒《がゆ》いぜ」

野次馬どもは、ほっとした顔で散ってゆく。

おみわのからだは、弟子たちが引きとった。

三左衛門はあくまでも、褌一丁で堂々と歩んでゆく。

これに太刀持ちよろしく、五郎助が付きしたがった。

辰造は腰を屈め、やたらに恐縮してみせる。

「浅間さま、とんでもねえ迷惑を掛けちまって……穴があったら入《へ》えりてえくれえだ」

「気にせんでくれ」

多助が気を利かせ、自分の着物を脱いで寄越そうとする。

それを、三左衛門はやんわりと拒んだ。

裸でいることが、別に恥だとはおもわない。

五郎助よりさきに濠へ飛びこまなかったことを、わずかに後悔している。

溜息を吐いた途端、辻の暗がりに殺気を感じた。

「ん」

ひょろ長い男が双眸を光らせ、じっとこちらを睨んでいる。

毒蛇の巳介とかいう権八の手下であろうか。

「気づかれおったか」

三左衛門は呟《つぶや》いて、素知らぬ顔で歩みつつも、尻っぺたにきゅっと力を入れた。

九

五郎助によれば、忠吉は湯島天神裏の切通《きりどおし》にある賤屋《しずや》に繋がれているという。

救いだすことは容易にできそうなので、まずは悪党退治に乗りださねばならぬ。

ただし、三左衛門は自分の手を悪党の血で汚したくはなかった。

手強い悪党どもを、いったい、どうやって始末するのか。

不安げな顔で糺す五郎助にたいし、三左衛門は応えた。

――毒には毒を。

二日後、戌の五つ（午後八時）。

月は群雲《むらくも》に見え隠れし、そのたびに刺客《しかく》の横顔を浮かびたたせた。

刺客の頬には、鉄砲蚯蚓《てっぽうみみず》が這ったような痕《あと》がある。

辻むこうから、痩身の男がゆっくり歩んできた。

生きのびるための習性なのか、周囲を警戒する足取りだ。

「野郎だな、巳介ってのは」

「ふむ」

刺客の名は弥平次《やへいじ》、本所の夜鷹会所《よたかかいしょ》の元締《もとじ》め夜鷹屋十郎兵衛《じゅうろべえ》子飼いの怖い男だ。

三左衛門は十郎兵衛に貸しがある。ゆえに、相談を持ちこんだ。

巳介は慎重な男で、おゆうを殺った証拠をひとつものこしていなかった。飼い主の権八を問いつめても、のらりくらりと躱《かわ》されるだけであろう。下手《へた》をすれば、五郎助と忠吉が下手人に仕立てあげられる。なにしろ、権八には唸るほど金があった。金をばらまき、誰かに嘘の証言をさせることなど朝飯前だ。

そうなると、十手持ちの半四郎にはうっかり相談できない。

いろいろ考えてみたが、やはり、十郎兵衛を頼るしかなかった。

「権八はどうする。おめえさんが殺るのかい」

「さあて、まだ決めておらぬ」

「ふん、勝手にさらせ」

弥平次は闇に溶け、息をひそめた。

巳介の息遣いが近づいてくる。

不吉な予感でもしたのか、往来のまんなかで足を止めた。

その瞬間。

闇が揺らぎ、白刃が煌めいた。

「うっ」

小さな呻きが洩れ、人影がひとつ頽《くずお》れた。

巳介だ。

喉笛《のどぶえ》をぱっくり裂かれている。

すでに、弥平次の影はない。

三左衛門は、踵を返した。

八《や》ツ小路《こうじ》から「芋洗橋《いもあらいばし》」とも「相生橋《あいおいばし》」とも呼ぶ昌平橋《しょうへいばし》を渡り、昌平坂をのぼって湯島聖堂の北へすすむ。

さらに、妻恋稲荷《つまこいいなり》をめざして露地を歩めば、妻恋町の一角へ出る。

この界隈は旗本屋敷と町屋の錯綜する坂の多いところで、地元の連中は神田《かんだ》明神《みょうじん》の氏子であることを誇りにしていた。

権八は氏子のような顔をしているが、じつは数年前に上方《かみがた》からやってきた。材木相場で儲《もう》けた金を元手に金貸しをはじめたのだ。人の命など塵《ちり》ほどにしか考えていないが、貸金の利息は鐚一文《びたいちもん》もまけない。世の中でいちばんだいじなのは金だと信じて疑わず、銭のないのは首のないのに劣るというのが口癖だった。

かといって、貯めこんでばかりいるのではない。遊びには散財する。強突張《ごうつくば》りな成金は蟾蜍《ひきがえる》が潰れたような面をしており、夜毎、花街《かがい》で芸者をあげては金を湯水のごとくばらまいていた。

半刻ほど経ったであろうか。

黒板塀《くろいたべい》に囲まれた茶屋の二階から、三味線の音色に合わせた端唄が聞こえてきた。

今夜はいつもと勝手がちがうと、権八はおもっている。

呑み仲間もおらず、たったひとりで呑んでいた。しかも、酒を注ぐのは女中働きの小女で、芸者はひとりもいない。茶屋で芸者がいないなどということは、あってはならないことだ。

水玉の手拭いを米屋被《こめやかぶ》りにした幇間《ほうかん》がたったひとり、さきほどから嗄《しゃが》れた声で端唄を口ずさんでいる。

「ちちんちととん……あちら立てればこちらが立たず、両方立てれば身が立たぬ、九尺二間に戸が一枚」

権八は気に入らない。酒で赤く染まった顔を怒りでいっそう赤くさせ、廊下にむかって大声で怒鳴った。

「女将《おかみ》、女将」

「はい、ただいま」

衣擦《きぬず》れとともに、白塗りの女将がやってきた。

「おう、女将か、芸者衆はどうした。幇間の三味線なぞ聞きとうないわ」

女将は襖《ふすま》のわきでお辞儀をし、慇懃《いんぎん》に謝ってみせる。

「どうしたわけでござんしょう。今宵は置屋《おきや》さんに芸者衆がひとりもおりませんもので、ご迷惑をお掛けいたします」

「誰ぞ、総仕舞《そうじま》いでもしよったのか」

「お察しの良いことで」

「どこのどいつだ、教えてくれ」

「本所の夜鷹屋十郎兵衛さま、たいそうなお大尽《だいじん》だとか」

「夜鷹屋十郎兵衛といやあ、千人からの夜鷹を抱える元締めじゃねえか。闇の世界で知らねえ者はいねえ。ちっ、柳橋か深川《ふかがわ》へでも行きゃいいのに、何で格落ちの湯島くんだりまで来やがるんだ」

「あたしゃ知りませんけど、幇間の三左《さんざ》さんならご存じかも。ねえ、三左さん」

「へえ、存じておりますよ」

三味線を抱えた幇間が、つっと顔をあげた。

三左衛門である。

「申してみよ」

権八は上座にふんぞりかえり、殿様のような口をきいた。

三左衛門は三味線を畳に置き、ひょいと脇差を拾いあげる。

いつのまにか、女将のすがたはなくなっていた。

店の内も外も、不気味なほど静まりかえっている。

「こら、悪党」

三左衛門の声が、びんと響いた。

「あんだと」

権八は眉根を吊りあげ、三白眼で睨《ね》めつける。

「幇間風情が、おれさまを悪党呼ばわりしやがったな」

「そうだ、ありがたくおもえ」

「なに、この野郎」

「おっと、無闇に立たぬほうがよい」

三左衛門は片膝立ちになり、すっと脇差を抜いた。

「うへっ、巳介、巳介……」

権八は腰を抜かしかけ、襖にむかって必死に巳介の名を呼びつづけた。

「毒蛇は来ぬぞ」

「え」

「昌平橋のむこうで死んでおる」

「く、くそっ」

「残念だったな。権八よ、おぬしが考えている以上に江戸の闇は深いのだぞ」

「何者だ、おめえは」

「名乗りたくはないな」

「おれを殺ろうってのか……だ、誰に雇われた」

「おのれの胸に聞いてみろ。目を瞑《つむ》れば、恨まれそうな相手の顔がつぎつぎに浮かんでこよう」

「金か、金が欲しけりゃ、そいつの二倍……いや、三倍出す。見逃してくれ、な」

「金はいらぬ、真実が知りたい」

「助けてくれるってんなら、何でも喋る」

「よし、ならば訊こう。菊川のおゆうを殺めたのは誰だ」

「巳介だよ」

「おぬしが殺らせたのであろう」

「ちがう、野郎が勝手にやったんだ。おゆうを脅せとは言ったが、殺せとまでは言ってねえ」

「死人に口無し、巳介に罪をかぶせる気だな。汚ねえ野郎だ」

「ま、待ってくれ」

「生かしてほしいのか」

「はい」

「だったら、貸付証文も帳面もぜんぶ灰にしちまえ」

「ふふ、わざわざ携えてきてやったぞ。おい、五郎助」

「へえい」

真横の襖が開き、五郎助が敷居のところで三つ指をついた。

かたわらには、大切な書面の入った塗りの箱が積んである。

権八は眸子を剝いた。

「ご、五郎助……ま、まさか、おめえが糸を引いてたんじゃ」

「親分、そんなだいそれたこたあできねえよ」

「勘弁しろ、貸付証文は命のつぎにでえじなもの。そいつを焼かれちまったら、おれは物乞いをやるしかねえんだ」

「死ぬよかましだろう。とんでもねえ利息を吹っかけやがった罰だぜ」

五郎助は大股で畳を横切り、拳骨《げんこつ》で権八の顔を撲《なぐ》りつけた。

「ちくしょうめ、姉さんを殺らせやがったな。やっぱし、おめえは許せねえ」

「うわっ、助けてくれ」

権八は頭を抱え、這って逃げようとする。

白刃が煌めき、行く手を阻《はば》んだ。

「ひぇっ」

鋭利な切っ先を鼻面に翳され、権八はぶるぶる震えている。

仕舞いには失禁し、畳を汚してしまった。

三左衛門がゆっくり、静かに諭《さと》す。

「小便ならまだしも、畳を血で穢《けが》すわけにはいかん。女将に怒られるからな」

「助けていただけるので」

「感謝しろ。そのかわり、貯めた金は一銭残らず貧乏人にばらまけ。おぬしは今から無一文だ」

「そ、そんな」

「権八よ、死ぬよりも生きるほうが苦しいぞ。そいつは今にわかる。死にたくなったら、鎌倉河岸にやってこい。わしが手伝ってやる。それとも、今、店を出たところで、ずんばらりんと斬ってやろうか」

「ご、ご勘弁を」

「忠吉を死なせていたら、おぬしの首と胴ははなれておった。忠吉に感謝するんだな」

「はい」

「よし、消えていいぞ」

権八は起きあがった途端、蹌踉《よろ》めいた。

三左衛門は脇差を納め、顎をしゃくる。

「おっと待て、上等な着物はそこに脱いでゆけ」

「へ」

「物乞いが上等な恰好をしておっては、さまにならぬ。ほれ、早く脱げ」

命じられたとおり、権八は褌一丁になった。

醜く肥えた腹が突きだし、正視できない裸である。

「それでいい。五郎助、餞別《せんべつ》をくれてやれ」

「へい」

五郎助は、破れた唐傘《からかさ》を一本用意していた。

女犯《にょぼん》の破戒坊主《はかいぼうず》同様、権八は褌一丁に唐傘一本付けて店から叩きだされる。

「おぬしは傲慢《ごうまん》すぎた。物乞いに堕《お》ちたとて、同情を寄せる者もおるまい。三日も経てば腹が減ってどうしようもなくなるぞ。夜露をしのぐ軒下が恋しくなる。他人様の施しを冀《こいねが》いつつ、樹下石上《じゅかせきじょう》を宿とする。そのときになってはじめて、他人様に受けた親切のありがたみを身に沁みて感じるようになる」

醜い肉のかたまりが、すごすごと去ってゆく。

「五郎助、ようくみておけ。あれが成金野郎の成れの果てだ」

権八の惨《みじ》めなすがたを睨み、五郎助は涙ぐんだ。

三道楽煩悩《さんどらぼんのう》にうつつを抜かし、多額の借金をつくった。あげくのはてには帳場の金にまで手を出し、おゆうや忠吉に迷惑を掛けた。

愚かな自分のやってきた行為は、可愛がってもらった姉の死という最悪の結末を招いてしまった。

権八同様、五郎助も罪を背負って生きねばならぬ。

唐傘一本で放逐《ほうちく》された惨めな男の後ろ姿に、みずからの末路をかさねあわせれば、誰であろうと泣けてくる。二度と人の道は踏みはずすまいと、心に強く誓うはずだ。

五郎助は拳を握り、じっと涙を怺《こら》えている。

ちと薬が効きすぎたようだと、三左衛門はおもった。

十

数日後。

野分めいた風が吹くなか、三左衛門は蔵前にある天文橋のたもとから小舟に乗った。

落とし水のせいで新堀川の水嵩はあがっており、想像以上に流れも迅い。

「くわえてこの風だ。よほどの物好きでもなければ、漕ぎだそうとはおもうまい」

船賃をはずんでやったので、老いた船頭は張りきって棹を操っている。

艫《とも》のほうには、蒼褪《あおざ》めた顔の兄弟が座っていた。

忠吉と多助である。

菊川の旦那と三弦師の親方に頼み、ふたりに一日だけ暇をあたえてもらった。

どうしても、みせたい景色があったからだ。

やがて、右手に東本願寺の鬱蒼《うっそう》とした碧《みどり》があらわれた。

「浅間さま、いったいどこへ行かれるのです」

兄の忠吉が、弟を風から庇《かば》うようにしながら訊ねてくる。

「ふふ、黙って座っておれ」

時折、髷《まげ》が飛ばされそうなほどの突風が吹きよせ、舟は大きく揺れた。

「うおっととと」

船頭は腰をくねらせ、絶妙の棹さばきでもちこたえる。
もんどりうつ川に揉まれながら、小舟は菊屋橋をくぐりぬけた。
――そのさきに、何があるとおもわれます。
金兵衛の台詞が耳に甦《よみがえ》ってきた。
刈り入れが済んでなければよいが。
一瞬、不安が過《よ》ぎる。
そのとき、多助が声をひっくり返した。
「うわっ、兄さん、田圃だ」
金色の毛氈が、地の果てまでつづいている。
三左衛門は舳先から身を乗りだし、息を呑んだ。
「金兵衛の言ったとおりだ」
黄金の稲穂は風にざわめき、うねうねと生き物のように揺れていた。
「この景色をな、おぬしたちにみせたかったのよ」
忠吉と多助はことばもなく、滂沱《ぼうだ》と涙を流している。
幼いころ、佐渡でもおなじ景色を目にしたにちがいない。
ところが、ふたりが最後に目にしたものは、旱魃《かんばつ》で干上がった荒寥《こうりょう》たる田圃の風景であった。

「皮肉なものだな。百姓は一粒でも多くの年貢を納めるために、盆と正月以外は白い米を食わぬ。だが、どれだけ厳しい年貢を課されようが、土地を離れようとしない。旱魃になろうとどうしようと、自分の生まれた故郷の土を踏みしめ、じっと耐えしのぶ。そこでしか生きられないとわかっているからだ」

しかし、幼い兄弟の村は想像を絶するほどの惨状を呈した。

村人たちは額を寄せて相談をかさね、ついに、逃散という苦渋《くじゅう》の決断をせざるを得なかったのだ。

一夜にして人っ子ひとりいなくなった村を、三左衛門は想像することができない。忠吉と多助は親兄弟と別れ、ただ、生きのびることだけを考えて江戸へたどりついた。

ちゃぷんと、水音が聞こえてきた。

川面には雲が流れている。

小舟は舳先で雲を裂き、新堀川をゆったり北上している。

右手にひろがる田圃のむこうには、吉原《よしわら》の遊郭がぽつんとみえた。

風はいくぶんか、おさまってきたようだ。

三左衛門は、白鼠と呼ばれる男に笑いかけた。

「忠吉、野暮なことをひとつ訊いてもよいか」

「はい、何なりと」

「正直なところ、おぬしはどうする気だった」

「どうするとは」

「おゆうをとるか、おみわをとるか。おぬしにしてみれば、辛い選択であろう」

誰もが訊きたかったことにちがいない。

弟の多助も、好奇の色を浮かべている。

忠吉は、黄金色の田圃に目を移した。

「二年前の藪入りで親方のもとに帰ったとき、十六になったおみわが手前にそっと囁《ささや》いたのです。立派になってよかったね、と。そのときからずっと、手前はできることなら、おみわを嫁に貰いたいと、おもいつづけてまいりました。今もそのおもいは変わりません」

「そうだったのか」

やはり、野暮な問いかけであった。

「菊川の旦那さまは、心の広いお方でございます。手前がおみわといっしょになりたいと申しでれば、きっとお許しくだされたに相違ありません」

「そうかもしれぬ。どっちにしろ、他人が横で心配しても仕方のないことよな」

竜泉寺《りゆうせんじ》の船着場が、目と鼻のさきに近づいた。

船頭はひと仕事終え、安堵《あんど》の表情を浮かべてみせる。

「ほら、あそこに」

弟の多助が立ちあがり、指を差した。

船着場では、辰造とおみわが待っていた。

おまつとおすずのすがたもあり、懸命に手を振っている。

「おうい、おうい」

三左衛門も手を振った。

これから、みなで飛不動《とびふどう》までお詣りにゆくのだ。

よくみると、おみわの目には涙が光っている。

辰造が忠吉とのことを許してくれたにちがいない。

波紋が静かにひろがり、波がちゃぷんと舟舷《ふなばた》を叩いた。

「ちちんちととん……鮎は瀬に住む鳥ゃ木に止まる、人は情けの袖に住む」

三左衛門の唇《くち》もとから、陽気な端唄が洩れた。

月夜《つきよ》に釜《かま》

一

仲秋《ちゅうしゅう》の名月まで二日、往来には月見団子《つきみだんご》に添える芒《すすき》や女郎花《おみなえし》を携えた花売りのすがたがある。満ちゆく月は煌々《こうこう》と足許を照らしていた。

「十三夜に曇りなしとは、よう言うたものよ」

八尾半兵衛《はんべえ》は、微酔《ほろよ》い機嫌で神田川の川端を歩んだ。

水の月を追いつつ、墨で黒く塗られた新《あたら》シ橋《ばし》の袂で右手に曲がる。

そこからさきは三味線堀《しゃみせんぼり》まで、武家屋敷のつらなる大路だ。

「ちと遅うなったな」

下谷《したや》の家では、おつやが案じていることだろう。

鉢物集めの仲間から宴席に誘われ、つい、呑みすぎてしまった。

いつもどおり、柳橋の夕月楼に隠居が十人ほど集まったのだ。変わり朝顔の栽《さい》培法《ばいほう》やら万年青《おもと》の斑《ふ》について問われ、滔々《とうとう》と蘊蓄《うんちく》を語るうちに時の経つのを忘れた。若い時分なら翌朝まで呑みつづけても平気だったが、さすがに還暦《かんれき》を過ぎてからは酒もめっきり弱くなった。

それでも、宴席は断らない。せいぜい、月に一度のことだ。

おつやをかたわらに侍《はべ》らせ、上等な下り酒を舐《な》めながら、庭に咲く季節の花々や丹誠《たんせい》込めて育てた鉢物を日がな一日愛《め》でて過ごす。それが楽隠居の日常ではあったが、たまには花街《かがい》へ出掛け、大勢で酒を酌《く》み交《か》わし、大いに語らうのもわるくない。

ごおんと、上野《うえの》の鐘《かね》が捨て鐘を撞《つ》いた。

戌《いぬ》ノ五つ（午後八時）か。

帰りは駕籠《かご》が用意されていたのだが、夜風に当たりたくなって断った。

「損をしたの」

風はそよとも吹いておらず、行く手には闇があるだけだ。

三味線堀の脇を抜け、組屋敷の錯綜する脇道へ踏みこむ。

木戸の閉まる時刻ではないが、周囲は閑散としたものだ。

辻々には番小屋が置かれているものの、辻から辻までがやたらに遠い。

左右に海鼠塀《なまこべい》のそそりたつ坂道を、半兵衛は息を切らしながら登った。

近道を通らず、下谷広小路へ迂回《うかい》したほうがよかったかもしれぬ。

さきほどから、誰かに跟《つ》けられているような気がしていた。

一見すると頭髪も眉も白く、老耄《おいぼれ》にしかみえぬが、これでもかつては「落としの半兵衛」と呼ばれ、悪党どもに怖れられた。南町奉行所の風烈見廻《ふうれつみまわ》り役を辞してからは、あっさり御家人株を売り、千住《せんじゅ》の宿場女郎だったおつやとふたり、水入らずの隠居暮らしをつづけている。だが、何十年も十手持ちを務めてきただけに、悪党の臭いを嗅ぎわける鼻だけは衰えていない。

「辻強盗《つじごうとう》かのう」

あるいは、辻斬りかもしれぬ。

このところは物騒なので夜の独り歩きはお控えくださいと、甥《おい》の半四郎に戒《いまし》められたばかりだ。

半四郎には、雪乃という片思いの相手がいる。

年は二十二、楢林兵庫《ならばやしひょうご》という徒目付《かちめつけ》の娘で、普賢菩薩《ふげんぼさつ》の再来かと噂されるほどの美人だった。弓の名手でもあり、今は南町奉行筒井紀伊守《つついきいのかみ》子飼いの隠密《おんみつ》に任じられている。恋愛よりも役目を優先する男勝《おとこまさ》りの気性、並の男では歯の立つ相手ではない。半四郎は縁あって知りあい、一目惚《ひとめぼ》れしてしまったのだ。

恋愛に関しては奥手《おくて》の甥を、半兵衛はもどかしいおもいでみつめている。

雪乃は役目のうえで訊きたいことがあると、気兼ねなく家へやってきた。半四郎の伯父《おじ》というのではなく、廻り方の先輩として慕われているのだ。慕われれば情もわく。このごろでは、雪乃を孫娘のようにも感じていた。

さっさと半四郎とくっついてしまえばよいのにというのが本音だが、こればかりは肝心の雪乃が振りむいてくれぬことにはどうしようもない。

いつの間にか、忍川《しのぶがわ》へ通じる四つ辻までやってきた。

加藤出羽守《かとうでわのかみ》と立花飛驒守《たちばなひだのかみ》の辻番所が、斜交《はすか》いに対峙《たいじ》している。

桜もまだ咲ききらぬ弥生《やよい》のはじめころ、この四つ辻で行き倒れになった若い女を拾った。

日の出も近い寅《とら》ノ下刻(午前四時)、三味線堀へ釣りにむかう途中のことだ。屍骸とおもって担いだ女が、背中で息を吹きかえした。のちに判明したことだが、女は旗本に嫁いだ際物師《きわものし》の娘だった。鎌倉の縁切寺《えんきりでら》へむかう途中で大八車にはねられ、記憶を失っていたのだ。

「名は何と言うたか」

忘れてしまった。懇意《こんい》にしている浅間三左衛門を誘い、女の記憶を呼びさますべく江ノ島詣《えのしまもう》でまでしたというのに、名をおもいだせない。

「たしか、どこぞの姫君の名であったような……」

しばらく歩いて、はたと止まる。

「……おうそうじゃ、佐保《さほ》であったわ」

ひとりで頷き、半兵衛はさきを急いだ。

気づいてみれば、妙な気配は消えている。

ほっと、肩の力を抜いた。

そのとき、大きな人影がひとつ、忍川の土手を背にしてあらわれた。

「む」

半兵衛は歩調を変え、道端へ寄った。

人影は大股で、ぐんぐん近づいてくる。

月代《さかやき》と無精髭《ぶしょうひげ》の伸びた浪人者のようだ。

目つきが尋常ではない。

「山狗《やまいぬ》め」

半兵衛が吐きすてると、浪人者は白刃を抜いた。

月光を背負っているので、表情は判然としない。

鴉天狗《からすてんぐ》のような中高《なかだか》の顔で、双眸だけが異様な光を放っている。

半兵衛が足を止めると、相手も五間ほどさきで踏みとどまった。

閃《ひらめ》く刃は三尺はあろうかという剛刀、それを青眼《せいがん》に構えている。

腕が立つのか立たないのか、構えだけでは判別がつかない。

すでに、半兵衛の肚《はら》は据わっている。

「賊め、金が欲しいのか」

静かな口調で糺《ただ》すと、浪人者は低く洩らした。

「問答無用」

「張りきるでない。みたところ、四十を越えておるようじゃの。元幕臣か、それとも、どこぞの藩に仕えておったか。どのみち、食うに困っておるようじゃ、のう」

「問答無用と申しておる」

浪人者は、爪先を躙《にじ》りよせてきた。

「待て、おぬし、妻子はおらぬのか」

「子はない、妻には逃げられた」

「ふほっ、おもしろい男じゃや。わしは八尾半兵衛、ただのしょぼくれ隠居よ。ほれ、このとおり、骨と皮しかありゃあせん。血の量も少なかろう。斬っても斬り甲斐《がい》はないぞ」

「黙れ」

「些少《さしょう》じゃが金ならある。ほれ、財布ごとくれてやろう」

半兵衛は懐中から財布を抜き、地べたへ抛《ほう》った。

「くそっ、わしを犬扱いしよって」

悪態を吐きつつも、浪人者は屈んで財布を拾いあげる。

刀は納めようともせず、三白眼《さんぱくがん》で半兵衛を睨みつけた。

「そんな目で人をみるでない。文句はなかろう、人を斬らずに金を手に入れたのだ。それとも、おぬし、人を斬りたいだけの辻斬りか」

「ちがう、断じてちがう」

「力んでどうする。腹が減っておるのであろう。だったら、刀なぞ抜かずに事情をはなせばよかろうが」

「老耄め、暢気《のんき》なことを抜かすな」

「まあよい、とっとと失せよ。去りがたいと申すなら、わしが三つ数えてやる」

「三つ」

「さよう、三つ目で踵を返し、どこぞへ去《い》ね。よいか、数えるぞ……ひとつ、ふたつ、三つ」

浪人者はくるっと背をむけ、脱兎《だっと》のごとく駈けだした。

土煙を濛々《もうもう》と巻きあげながら、辻むこうへ消えてゆく。

「存外に素直な男じゃな」

半兵衛は溜息を吐き、五間ほどすすんで腰を屈めた。

ひょいと、何かを拾いあげる。

「印籠《いんろう》か」

黒漆《くろうるし》塗《ぬ》りの地に、螺鈿《らでん》で鶴《つる》の模様が細工されてある。

根付《ねつけ》は象牙《ぞうげ》に立ち馬の親子が彫られた珍しい図案だ。

浪人者がうっかり、落としていったのだろう。

「間抜けな鴉天狗め」

闇を透《す》かしみても、人影はない。

あたりはしんと静まり、聞こえてくるのは川音だけだ。

半兵衛は印籠を袂に仕舞い、何事もなかったように歩みだした。

二

満天星《どうだん》の垣根に囲まれた平屋の東南には、広い中庭をのぞむことのできる縁側が張りだしている。

半兵衛が終《つい》の棲家《すみか》ときめた家は、材木商の妾宅だったというだけあって、柱や床に高価な材木がふんだんに使われており、贅沢《ぜいたく》な檜風呂《ひのきぶろ》まで据えてあった。かつて、中庭には築山《つきやま》や瓢簞池《ひょうたんいけ》がつくりこまれていたのだが、必要ないので潰してしまった。庭木については枯れかけた枝垂れ桜《しだざくら》などは処分したものの、南天《なんてん》桐《ぎり》や真弓《まゆみ》や花梨《かりん》といった秋に実を結ぶ樹木はそのまま植えてある。

翌朝、半兵衛は日の出とともに起きだし、庭木や鉢植えに水を遣った。

ひとくちに水遣りといっても、尋常な数の鉢植えではない。庭には棚が何列もならび、棚のうえには大小の鉢がびっしり置かれている。

今時分は変わり朝顔が多い。江戸じゅうがにわかに活気づく菊の季節も近づいている。

日課の水遣りが終わると、そうとうに汗を掻く。裸になっておつやにからだを拭いてもらい、浴衣《ゆかた》に着替えてから縁側で朝餉をとる。

瓢《ふくべ》に移しかえた半合の下り酒、飯一膳に香の物、おかずは豆腐《とうふ》と納豆《なっとう》、汁は腎《じん》を潤《うるお》す蛤《はまぐり》の吸物だ。

箱膳を縁側のきまった場所にしつらえ、庭を眺めながら箸をつける。

おつやは食べない。かたわらに侍り、団扇《うちわ》を揺らしながら微笑んでいる。

ふたりは会話を交わすでもない。晴れた日も雨の日も変わることなく、ゆったりとした時が流れてゆく。

半兵衛に子はない。

いや、男の子を授かりはしたが、産着《うぶぎ》のころに流行病《はやりやまい》で亡くしてしまった。

七年前、老いた妻にも先立たれた。長年、胸を患《わずら》っていたのだ。

妻は零落《れいらく》した旗本の娘で気位が高かった。縁あって結ばれ、何十年もいっしょに暮らした。晩年は床に臥《ふ》せていることが多く、いつも「死にたい、死にたい」と訴えていた。そのたびに叱りつけ、励ますことにも疲れたころ、逝《い》ってしまったのだ。

胸にぽっかり穴があいたようになり、しばらくは失意の日々を送った。心の隙間を埋めるべく、全国の寺社仏閣を巡る回向《えこう》の旅にむかい、たまさか日光詣《にっこうもう》でからの帰路、千住宿の「布袋屋《ほていや》」という旅籠《はたご》に泊まった。月のきれいな晩で、ふっくらした小柄な宿場女郎が一晩中《よっぴて》疲れたからだを揉みほぐしてくれた。

それが、おつやだった。

目は糸のように細く、鼻はうえをむいている。けっして美人ではないが、笑窪《えくぼ》をつくって笑う顔に愛嬌《あいきょう》があった。

身も心も癒《いや》され、強い縁《えにし》を感じた。

いつもそばにいてほしい。そうおもったら矢も楯もたまらなくなり、半兵衛はその場で抱え主と交渉し、身請《みう》けの段取りをとった。

請け出されたおつやは、狐につままれたような心持ちであったという。

身寄りもなく、ただ生きぬくために春を売ってきた。そんな女に癒しを求めてくれた半兵衛が、神か仏に感じられたのだ。

下谷の家に着き、草鞋《わらじ》を脱いだ途端、おつやは堰《せき》をきったように涙を溢《あふ》れさせた。

おつやの心から生涯、感謝の気持ちが薄れることはあるまい。

半兵衛はあのとき、抱え主にこう言ってくれた。

――おつやが欲しい、きっと幸せにする。

幸せにしようがしまいが、抱え主にはどうでもよいことだった。身請代さえ貰えば、あっさり縁は切れる。半兵衛はそれを承知のうえで、みずからの強い決意をしめしたのだ。身請代はけっして安い金額ではなかった。

半兵衛が胸底から搾《しぼ》りだした台詞《せりふ》をおもいだすと、おつやは今でも泣けてくる。どんなに辛いことがあっても、そのことばだけで生きてゆけるような気がした。

「おつや、何を考えておる」

半兵衛は箸をおき、入れ歯をもぐつかせた。

「今宵《まつよい》は待宵じゃな」

「はい」

夕刻になれば、半四郎が母親の絹代《きぬよ》を連れて月見にやってくるだろう。

半四郎は死んだ弟の次男坊だ。絹代は気丈な女性で、唯一、半兵衛が苦手にしている相手だった。

「薄茶を淹《い》れてまいります」

おつやは立ちあがり、音もなく奥へ消えた。

半兵衛は、螺鈿の鶴が細工された印籠を取りだした。

余計な心配は掛けたくないので、おつやには昨夜のことを黙っている。

印籠はかなり高価な品だった。

本人の持ち物ならば、たいせつな品にまちがいない。

半兵衛は持ち主の手懸かりを得ようと、印籠の蓋を取りはずした。

丸薬にまじって、小さく折りたたんだ文がはいっている。

開いてはいけないような気がして、わずかに躊躇《ためら》った。

「お待たせいたしました」

おつやが温《ぬる》めの茶をはこんでくる。

半兵衛は文を開けずにもどし、印籠の蓋を閉めた。

「ほれ、見事な螺鈿模様であろう。どこぞの御大名の腰にぶらさがっていても、何ら不思議ではなかろうよ。ふふ、忍川の近くで拾ったのじゃ」

おつやは物珍しそうに印籠を眺め、ただ微笑んでいるだけだ。

と、そこへ。

雪乃が、ひょっこりあらわれた。

筒袖《つつそで》に股引《ももひき》を着け、手土産を提げている。

「ご隠居さま、お邪魔いたします」

「お、ほほう、よう来たな」

「これ、船橋屋《ふなばしや》の葛餅《くずもち》にございます」

「ほ、それはそれは。船橋屋と申せば亀戸天神《かめいどてんじん》じゃな。何ぞ用でもあったのか」

「はい」

「それにしても、妙な扮装《いでたち》じゃな」

「放下師《ほうかし》にございます」

髪は貝髷《ばいまげ》に結い、銀簪《ぎんかんざし》を一本だけ小粋《こいき》に挿《さ》している。

「ふっ、水芸でもやるか」

「お役目にございますよ。その件でじつはご相談が」

「わしを字引がわりに使うでないぞ」

半兵衛はけらけら笑い、おつやに目配せする。

すかさず、雪乃が応じた。

「おつやさま、どうかお構いなく」

「淋しいことを申すな。履物《はきもの》を脱いでここに座れ」

「でも」

「遠慮するでない」

「はい」

雪乃が座ってすぐに、おつやが白玉をはこんできた。

「今日あたり、おぬしが来るかもしれぬとおもうてな」

あらかじめ用意してあったものらしい。

雪乃の頬が弛み、ぽっと赤く染まる。

その様子を楽しみながら、半兵衛は薄茶を啜った。

「おぬしゃまるで、遅咲きの芍薬《しゃくやく》じゃな」

「え、何と仰せです」

「いや、こっちの台詞じゃ。んで、訊きたいことは何であったかの」

「はい、善知鳥《うとう》の惣六《そうろく》という名に、お心当たりはござりませぬか」

「ある、江戸じゅうを騒がせた盗人《ぬすっと》じゃ。小大名の奥向きしか狙わぬ。盗みっぷりが見事でな、きまって月のきれいな晩に出よるのよ。まさしく、月夜に釜を抜かれるの喩《たと》えどおり、臍《ほぞ》を咬《か》んだ留守居役《るすいやく》は数知れず、けっして尻尾《しっぽ》を出さぬ盗人じゃった。五年前にぷっつりすがたを消したと聞いたが、惣六がどうかしたのか」

「亀戸天神のそばに烏帽子屋《えぼしや》という新興の廻船問屋《かいせんどんや》がございます。主人の善六《ぜんろく》は金儲けに長《た》けた人物らしく、たった五年で津軽弘前藩《つがるひろさきはん》（十万石）の御用達《ごようたし》になりました」

「そういえば、亀戸天神の裏手は津軽の下屋敷じゃったのう」

「はい」

雪乃によれば、『烏帽子屋』は青森湊《あおもりみなと》から積みだされる廻米の運びを任されており、極秘裡《ごくひり》に扱う品のなかには蝦夷《えぞ》の煎海鼠《いりこ》や干鮑《ほしあわび》などの俵物《たわらもの》もふくまれていた。本来なら蝦夷と長崎を結ぶ北前船《きたまえぶね》で積み出すべき御禁制の品を勝手に運び、清国《しんこく》などへ売りさばいているというのである。

「抜け荷か」

「烏帽子屋のみならず、弘前藩も潤っているものと推察できます」

「藩ぐるみか」

「少なくとも、重臣の一部は絡んでおりましょう」

「それゆえ、数年で御用達に上《のぼ》りつめたのじゃな」

「おそらくは」

「事が重大すぎるぞ。町奉行所の範疇《はんちゅう》を超えておろう」

「この一件は証拠をつかんだのち、大目付《おおめつけ》さまへお渡し申しあげます」

すでに、奉行の筒井紀伊守が段取りをつけているところらしい。

「ふむ。で、惣六との関わりは」

「惣六が消え、善六が世に出ました。その時期が一致します」

「盗人が御用達に早変わりしたと申すのか」

「調べてみますと、惣六はすがたをくらます直前、三千両もの大金を盗んでおります」

「知っておる。忍びこんだのはたしか、麻布《あざぶ》にある南部八戸藩《なんぶはちのへはん》（二万石）の上屋敷じゃ……あっ」

「お察しのとおり、津軽と南部は仇敵《きゅうてき》同士にござります。八戸藩は南部盛岡藩《なんぶもりおかはん》（二十万石）の支藩、惣六は南部に恨みをもっておったのかもしれませぬ。それともうひとつ、津軽家領内の青森湊が築かれたあたりは、寛永《かんえい》のころ、葦《あし》の繁る寂《さび》れた漁村であったとか。村の名をご存じですか」

「知らぬわ」

「善知鳥です」

「なに」

善知鳥とは北の孤島に棲息《せいそく》する海雀《うみすずめ》の仲間、てっきり鳥の名から付けた呼び名だとおもっていたが、そうではなかったらしい。

「今も、青森湊には水神の祀《まつ》られた善知鳥神社がございます」

「なるほど、惣六の出生地である公算が大きいと申すのか」

「はい。善知鳥の惣六はまだ名の売れぬころ、小金を盗んでいちどだけ縄を打たれたことがあると聞きました」

「誰に聞いた」

「例繰方《れいくりかた》の柏木《かしわぎ》さまです」

「還暦を過ぎてもなお、数寄屋橋《すきやばし》にしがみついておる黴《かび》か」

「刎頸《ふんけい》のご友人なのでしょう」

「腐れ縁でな」

「その柏木さまが仰ったのです。惣六に縄を打った役人は、あとにもさきにも八尾半兵衛ひとりだと」

「ふふん」

半兵衛はまんざらでもない様子で、白い鬢《びん》をととのえた。

「縄を打ったのは二十年以上前のはなしじゃ。わしもやつもまだ若かった」

「ご隠居さまのほかに、惣六の顔をご存じのお方はござりませぬ」

「このわしに、廻船問屋の面通しをさせようと申すのか」

「お願いできましょうか」

潤んだような瞳《ひとみ》で懇願《こんがん》され、半兵衛は拒むことができなかった。

三

善は急げと雪乃に促され、半兵衛は下谷広小路から八ツ小路へ足をむけた。筋違橋《すじかいばし》御門そばの舟寄せから猪牙《ちょき》に乗り、神田川を漕ぎすすんで柳橋をめざす。

柳橋からは流れの迅《はや》い大川《おおかわ》へ躍りだし、大橋《おおはし》の巨大な橋桁の狭間《はざま》を擦りぬけ、対岸にある御船蔵《おふなぐら》の手前から竪川《たてかわ》に舳先を突っこむ。さらに回向院《えこういん》を背にしつつ、本所の横腹を裂くように東漸《とうぜん》し、横川《よこかわ》との交叉点《こうさてん》を通過したのち、四ツ目之《よめの》橋《はし》と五ツ目之橋渡しとのあいだを左手に曲がる。

そこからさきは十間川《じっけんがわ》、北方の柳島村《やなぎしまむら》まで幅の広い堀がまっすぐ延びている。

途中の右手に亀戸天神が控え、鳥居の手前に架かる天神橋のそばに船着場があった。

半兵衛は、少し不安になってきた。

惣六の顔をおもいだせと言われても、顔がまったく浮かんでこない。

それでも若い時分の顔であれば、すぐに記憶が甦るかもしれないが、なにせ捕まえたのは遥かむかしだ。年季を積んだ悪党の顔は、想像以上に変貌しているものと覚悟しなければなるまい。

陸へあがるころには、巳《み》ノ四つ（午前十時）をまわっていた。

「ほら、あそこ」

雪乃が筒袖を押さえ、指を差す。

川岸の一部が剔《えぐ》れており、荷船が何艘か泊まっていた。

川端の道を挟んで一軒の廻船問屋が建っており、大屋根に烏帽子の金看板が飾られている。

「あれか」

「はい」

津軽平野で収穫された穀類は、烏帽子屋が所有する千石船《せんごくぶね》によって鉄砲洲《てっぽうず》沖まで運ばれてくる。荷はそこから艀《はしけ》に積みかえられ、亀戸天神の北にある弘前藩の蔵屋敷へ運びこまれるのだ。

「ご隠居さま、ちょっと探ってまいります」

「おう、行ってまいれ」

「はい」

雪乃は筒袖股引に手甲脚絆《てっこうきゃはん》まで付け、葛籠《つづら》を背負っていた。

身軽な足取りで道を横切ったかとおもいきや、小切子《こきりこ》と呼ぶ竹の楽器を操りながら、陽気な小唄を口ずさみはじめた。

「しゃっきりな、しゃっきりな、盗人月夜に釜を抜く、あ、しゃっきりな、つるかめつるかめ験《げん》直し」

珍妙な歌詞を美しい声で唄うのがおもしろく、通行人が足を止める。

烏帽子屋の奉公人たちも手を休めて集まり、いつのまにか人垣ができた。

すかさず、雪乃は二本の細長い棒を取りだし、輪鼓《りゅうご》の妙技を披露する。輪鼓とは鼓《つつみ》に似せた木のことで、唐独楽《からごま》の別称もある。二本棒の先端に結びつけた紐《ひも》を使って、輪鼓の括《くび》れた部分を紐で受けたり飛ばしたりする曲芸だ。

雪乃の芸は達者であるばかりか、流麗で美しい。

半兵衛も人垣に紛れ、おもわず見惚れてしまった。

芸がひとくぎりつくと、歓声がわきおこり、人垣はさらに厚みを増してゆく。

「もっとやれ、もっとみせろ」

煽《あお》りたてる見物人のなかには、銭を投げる者まであった。

雪乃は唄いながら、輪鼓を天高く抛った。

輪鼓は回転しながら、烏帽子の金看板すら越えてゆく。

「しゃっきりな、つるかめつるかめ験直し、みちのくの卒都《そと》の浜なる呼子鳥《よぶこどり》、鳴くなる声はと問うたれば、うとうやすかたと応えけり」

謡曲「善知鳥」の下地になった藤原定家《ふじわらのていか》の和歌をもじっている。

和歌や能に通じる者でなければ、意味不明の内容であった。

「これ、待たぬか」

人垣の背後から、唐突《とうとつ》に声が掛かった。

烏帽子屋の奉公人たちはみな、潮が退くように消えてゆく。

声の主が悠然とあらわれた。

年は五十前後、鬢に霜のまじった固太りの男だ。

「わしは烏帽子屋の主人《あるじ》、善六じゃ」

と聞き、半兵衛の目が光った。

雪乃が、さりげなく合図をおくってくる。

善六は静かな口調で言った。

「女、こんなところで何をしておる」

「ご覧のとおり、輪鼓を廻しております」

「そばに天神さまの境内《けいだい》があろうに、なにゆえ烏帽子屋の軒先を騒がす」

「ご迷惑をお掛けいたしました。お気をわるくなされませぬように」

雪乃は、ぺこりとあたまをさげた。

「よいよい、叱るつもりはない。ここは天下の往来じゃ。それにしても、女放下師とはめずらしい。さきほどの唄、みちのくにうとうがどうのと唄っておったが、あれは」

「魚鳥殺生の罪業を戒める能の『善知鳥』から採《と》りました」

「ようわからぬな」

「善知鳥は親子の情が格別に厚い鳥、親鳥が『うとう』と鳴くと、子鳥は『やすかた』と応じるのです」

陸奥の外の浜に住む猟師はこの習性を利用して「うとう」と鳴き、子鳥を誘いだしたうえで捕獲する。親鳥の悲しみは筆舌に尽くしがたく、血の涙を撒きちらしながら空を飛びまわり、涙に濡れると死んでしまうため、猟師は簑笠《みのかさ》をかぶって猟をするのだという。

「殺生をかさねた猟師は死に、成仏できずに越中《えっちゅう》の地を彷徨《さまよ》います。そして、行きずりの僧に衣《ころも》の片袖を手渡し、外の浜に住む妻子をみつけ、霊前へ簑笠を手向けるようにと回向を依頼するのです」

「それが『善知鳥』か」

「はい、津軽さまの御下屋敷も近うございます。それゆえ、みちのくに因《ちな》んだ唄をと考えました」

「そなた、津軽の出か」

「いいえ、そういうわけでは」

「店のなかで茶でもどうじゃ」

「せっかくですが、ご遠慮させていただきます」

誘いを断られた善六は、探るような眼差しをむけた。

「ふん、まあよかろう、ほれ」

財布から小判を一枚抜き、雪乃の手に握らせる。

「困ります、一両だなんてそんな……もったいのうございます」

「とっておけ、いつなりとでも訪ねてくるがよい」

「はい、ありがとう存じます」

善六は雪乃の素姓を疑いつつも、好色そうな目つきで眺めている。

いつのまにか、見物人はひとりもいなくなっていた。

半兵衛はといえば、亀戸天神のほうへ遠ざかってゆくところだ。

雪乃は道具を葛籠に仕舞いこみ、ゆっくりとその背を追いかけた。

天神の鳥居をくぐり、跟けられている気配のないことを確かめる。

境内へすすみ、藤棚に覆《おお》われた水茶屋をみると、半兵衛が団子を注文していた。

雪乃はしばらく境内を彷徨《うろつ》いてから水茶屋へ足をむけ、半兵衛とおなじ床几《しょうぎ》の端に座った。

「いかがでしたか」

耳打ちする要領で糺すと、半兵衛は団子を咀嚼《そしゃく》しながら溜息をついた。

「はっきりとはわからぬ。すまぬな」

「仕方ありません。二十年余りまえのおはなしですから」

「ただな、人垣のなかに気になる人物をみつけた」

「気になる人物」

「浪人者じゃ」

半兵衛は、忍川のそばで辻強盗に出くわしたはなしをした。

「正直、風体だけで申せば自信はない。なにせ、夜目であったからな。ただ、五体から発する臭いのようなものが」

「似ていたのですね」

「ふむ」

「されば、おなじ人物にござりましょう」

半兵衛は袖に手を入れ、印籠を取りだす。

雪乃は小首をかしげ、印籠をじっくり眺めた。

「高価なお品のようですね」

「そうであろう。螺鈿模様は鶴じゃ」

「家紋のようにもみえますが」

「なるほど、言われてみれば羽が丸いのう」

「もしや、南部鶴では」

「ん」

半兵衛は、片眉を吊りあげた。

螺鈿模様を眺め、根付を睨む。

「ほ、そうか。南部といえば名馬の産地、それゆえ、根付が立ち馬なのじゃ」

「印籠はかなり古そうですが、根付のほうはまだ新しいですね」

「ふむ、そのようじゃな。ま、なにはともあれ、津軽と南部は犬猿の仲、累代《るいだい》にわたって戦いをかさね、今もいがみあっておる。藩士ばかりか、男手を雑兵《ぞうひょう》に取られた領民同士のあいだにも憎しみが根強くのこっておると聞く」

盗人の惣六が最後に成《な》し遂《と》げた大仕事は、南部八戸藩藩邸への潜入であった。

しかも、その日は満月が煌々と輝いていた。

「盗人にはいられたのち、八戸藩の江戸家老は面目を失い、腹を切ったのじゃ」

「存じております。勝手掛《かってがかり》数名も役目不首尾《ふしゅび》の断をくだされ、召放《めしはなち》になったとか」

「禄も家名も失い、路頭に迷わねばならなくなった。惣六のせいで泣きをみた者は何人もいる」

「津軽生まれの盗人に元南部藩藩士の浪人者、ひょっとすると、ふたりは波銭《なみせん》の表と裏なのかもしれませんね」

雪乃は勘が鋭い。

波銭の表裏とは、たしかに言い得て妙だと、半兵衛はおもう。

浪人者が惣六に泣きをみせられた元南部藩藩士のひとりだとしたら、恨んでも恨みきれぬおもいでいることだろう。

「烏帽子屋のまえを通りかかったのは、偶然とはおもえませんね。浪人者の特徴をお教えくださ い」

「並の男より頭ひとつでかい、横幅もある。月代も頬髭も伸び放題でな、顔つきは鴉天狗のようであったわ」

「鴉天狗」

「双眸だけは炯々《けいけい》としておった。ひどくうらぶれておってな、今どき、ああした浪人者はめずらしい。なんというても、獣臭を放っておる。どうせ烏帽子屋の周囲を彷徨いていようから、すぐにみつかるさ」

浪人者を捜しだすと言いのこし、雪乃は鳥居のむこうへ消えた。

捜しだして、惣六の正体を暴くための証人にでもする気だろう。

雪乃が鴉天狗をどう料理しようと、半兵衛には口出しできない。

自分の役目はここまでだ。隠居の分をわきまえねばならぬ。

頭ではわかっているつもりでも、正直、虚《むな》しくなってくる。

半兵衛は団子を皿に半分のこし、銭を置いて腰をあげた。

弘前藩下屋敷の北隣には、萩寺《はぎでら》で有名な龍眼寺《りゆうがんじ》がある。

「せっかくじゃから、立ちよってゆくか」

鳥居を出て川端を北へむかうと、広大な津軽屋敷の海鼠塀がつづき、塀が途切れたところに萩寺の四脚門《しきやくもん》があらわれた。

四

龍眼寺の萩はまだ見頃ではなかった。

半兵衛は屋台の蕎麦《そば》を啜《すす》って下谷へもどり、おつやが淹れてくれた茶を縁側で呑んだ。

袖から印籠を取りだし、蓋を開ける。

小さくたたまれた文を、迷ったあげくに開いてみた。

拙《つたな》い子供の筆跡《て》だ。

――父上は剣がつよい、おおきくなったら、父上のようになりたい、ひこたろう。

そんなふうに綴られている。

「なんじゃろう」

文面から推すと、男の子のようだ。

鴉天狗の子であろうか。

しかし、あの浪人は「子はない」と、はっきり吐いた。

「わけがわからぬ」

半兵衛は文をもどし、印籠を袖に仕舞った。

八つ刻（午後二時）になり、おもいがけぬ来客があった。

浅間三左衛門が、手ぶらでやってきたのだ。

「半兵衛どの、ごぶさたしております」

「おう、何しにまいった」

「別に用はありません。半兵衛どのが生きておるのかどうか、この目で確かめにまいりました」

「ふん、手土産は減らず口か」

「ははは、上手《うま》いことを仰る」

「笑ってごまかすな。雪乃は船橋屋の葛餅を携えてきたぞ」

「船橋屋の葛餅といえば、亀戸天神の名物ですな」

「午前中に雪乃と詣でてまいったのじゃ」

「それはまた、羨《うらや》ましいことで」

「焼いておるのか」

「ぜんぜん。いかに節操《せっそう》がない半兵衛どのとは申せ、甥っ子の恋い焦がれる相手に粉をかけることはありますまい」

「おぬし、妙に突っかかるの」

「いつもの仕返しですよ」

三左衛門が縁側に腰を掛けると、おつやが酒肴をはこんできた。

「おつやどの、毎度ながらかたじけない」

半兵衛は「勝手にやれ」とでも言いたげに、顎をしゃくる。

三左衛門は手酌で酒を注ぎ、水でも呑むように盃を呷った。

二杯目を注ぎ、庭に溢れる鉢物のほうへ目を移す。

「そろそろ、菊ですか」

「まだ早いわ。河原撫子《かわらなでしこ》に女郎花、葛に尾花《おばな》に桔梗《ききょう》に藤袴《ふじばかま》、そして萩、今は鉢植えよりも野に咲く花だわさ」

「亀戸天神へ行かれたのなら、萩寺へも足を延ばされたのでしょう」

「萩はまだじゃ。ひとりで行ってもつまらぬ」

「途中で雪乃どのに愛想を尽かされましたか」

「雪乃は輪鼓を上手に回しよった」

「輪鼓を」

「鈍いのう、探索にきまっておろうが。雪乃は放下師になりすましておるのよ」

「ご苦労なはなしですな」

「おぬしに爪の垢《あか》を煎《せん》じて呑ませたいわ」

「雪乃どのの爪の垢なら、喜んで呑みますよ」

「ふん、誰が呑ませるか」

半兵衛は憮然《ぶぜん》と吐き、話題を変えた。

「ところで、おぬし、江戸へ来て何年になる」

「この秋で、ちょうど六年です。何やら長いようで短いような」

「そんなはなしはどうでもよい」

「何ですか、そっちから聞いておいて」

「善知鳥の惣六という名に聞き覚えはないか。五年前まで市中を騒がせた盗人じや」

「存じておりますよ。麻布の南部屋敷へ忍びこみ、三千両もの大金を盗んだ盗人のことでしょう」

「おう、そうじゃ」

「また、あらわれましたか」

「ふむ、強欲商人になりすましておるらしい」

「なるほど、雪乃どの狙いはそやつですな」

「おぬしなら、どういたす」

「どうとは」

「懲《こ》らしめようとはおもわぬか」

「隠居の身で何を考えておられます」

「雪乃だけに任しておいてよいものか、ちと悩んでおる。わしはな、いちど惣六に縄を打ったことがあるのよ」

「ほう」

「若い時分のはなしさ。そのときの説諭《せつゆ》が足らんかったせいで、のちの惣六ができあがった。そうとも言えよう」

「ご自身のせいだとでも」

「そうでないとは言いきれぬ」

「考えすぎでしょう。心から腐った悪党が同心の説諭ごときで真人間になるはずはない。惣六は悪党になる運命《さだめ》を背負って生まれたのです。半兵衛どのが悩むことはひとつもない」

「さようかのう。わしゃな、ここでまた惣六とめぐりあうことに運命を感じるのよ」

「因果《いんが》はめぐる糸車、ですか」

「茶化すな、阿呆《あほう》」

「あんまり考えすぎると、卒中《そっちゅう》で倒れますよ」

「ちっ、おぬしに聞いたのがまちがいじゃった」

「何を怒っておられるのです」

「烏帽子屋の主人が惣六なら、償《つぐな》いをさせねばならぬ」

「誰にたいする償いですか」

「きまっておろう、世間様への償いさ」

「おやめなされ。余計なことに首を突っこめば、かえって邪魔になりますよ。雪乃どのには南町奉行がついておる。すべて任せておけばよいのです」

三左衛門は突きはなすように言い、一升ちかくも呑んで帰った。

夕刻、こんどは甥の半四郎がひとりでやってきた。

「伯父上、ご無沙汰《ぶさた》しております」

「おう、来たか。絹代どのはいかがした」

「ちと、夏風邪をこじらせましして」

「ふん、そうか」

どうせ、顔を出さぬための口実であろう。

苦手にしているのは、おたがいさまらしい。

半四郎はからだを縮め、すまなそうにこぼす。

「伯父上、わたしも長居はできませぬ」

「月見もせずに帰るのか」

「申し訳ござりませぬ」

半兵衛は淋しくなった。

幼いころから可愛がり、養子にしたいとまでおもった甥だ。

かえって猫可愛がりが仇《あだ》になり、成人してからは鬱陶《うっとう》しがられた。

それでも、盆暮れや月見などの恒例行事には、ちゃんと顔を出してくれる。

親戚づきあいも疎遠な半兵衛だが、半四郎のことだけは気懸かりで仕方ないのだ。

「まあ、呑め」

「は」

半四郎は下り酒を干し、おつやのこしらえた肴に箸をつけた。

「今朝方《けさがた》、普賢菩薩があらわれおったぞ」

「え」

「何を驚いておる、雪乃のことじゃ」

「はあ」

「亀戸天神までいっしょに詣でたぞ」

「まことですか」

「ふふ、また驚いたな」

簡単に経緯を説いてやると、半四郎は十手持ちの顔で考えこんだ。

「伯父上の勘が当たっているとすれば、早晩、厄介なことが起きるかもしれませぬ」

「厄介なこと」

「印籠の持ち主は惣六の命を欲しがっている、ちがいますか」

「召放の罰を受けたひとりであったとすれば、惣六への恨みは深かろうの。じゃが、あやつは見事にうらぶれておった。食うのに必死じゃ。のう半四郎、惣六を斬ったところで空腹は満たされぬ。腹を空かした野良犬ならば、別のことを考えぬか」

「強請《ゆす》りですか」

「さよう、烏帽子屋の悪事をおおやけにすると脅しつけ、まとまった金を引きだそうと企《くわだ》てておるのやもしれぬ」

「善知鳥の惣六を強請るとは、命懸けですな」

「追いつめられておるのよ、土俵際《どひょうぎわ》までな。そうなったら、盗みでも殺しでもやりかねぬのが人じゃ。空腹であるがゆえに、軽々と一線を踏みこえる。そうした罪人を、わしは何人もみてきた。みな、根っからの悪党ではない。むかしはまっとうだった連中さ」

　一方、惣六のような本物の悪党は分をわきまえている。けっして無理はせず、したたかに算盤《そろばん》を弾いたうえで行動すると、半兵衛は持論を吐く。

「おぬしが言うとおり、やはり、あやつは惣六の命が欲しいのかもしれぬ」

「何か深い事情がありそうですな」

「これを読め」

半兵衛は印籠の蓋をはずし、文をみせた。

「幼子《おさなご》から父親に宛てた文ですね」

「さよう、幼子の健気《けなげ》さが文面に滲《にじ》みでておろう。わしが父なら、涙せずにはおれぬ。ましてや、子を亡くした父なら、その悲しみはいかばかりか」

「伯父上は、その鴉天狗が子を亡くしたと仰るのですか」

「あやつは子はないと言いおった。亡くしたのかもしれぬ」

「なるほど」

「死せし子の齢《とし》を数えるという諺《ことわざ》があろう。今更何をどうしたところで、可愛い子はもどらぬ。そうとわかっていても、つい、年を数えてしまうのが親というもの。哀しいはなしじゃ。もし、あやつがその文を後生大事に携えておったとしたら、わしは捨てておけぬ。まっとうな人間が道を踏みはずすのを、何もせずにみておるわけにはいかぬ」

伯父のいつにない迫力に気圧《けお》され、半四郎は黙った。

「ところで、はなしは変わるが、おぬし、雪乃のことはまだ好きか」

「な、何を仰るのです」

「赤《あこ》うなったな、わかりやすい男め。雪乃は賢いおなごじゃ。それに美しい。わしがおぬしほど若かったら、どのような手を使ってでも嫁にするぞ」

「伯父上、何が仰りたいのです」

「必死さの足らぬおぬしが、もどかしゅうてな。嫌われるのを怖がって間合いを置き、雪乃をほったらかしにしておる。そんな調子で恋情《おもい》が通じるとおもうのか。まあしかし、おぬしの悩みもわからんではない。生半可《なまはんか》なことで、あれだけのおなごの気持ちをつかむのは無理じゃ。そこで、と言うては何じゃが、ちと手を貸せ。手はじめに印籠の主を捜しだすのじゃ」

伯父を手助けすることが、雪乃の気を惹《ひ》くことにどう繋がるのか。

半四郎は納得のいかないまま、頷くしかなかった。

五

待宵の月は群雲《むらくも》に隠れ、十五夜当日は霧雨《きりさめ》が降った。

仲秋の雨月《うげつ》を過ぎると、虫の音も途切れがちになる。

——ぱん、ぱん。

微かな音とともに弾けているのは、黄褐色《おうかっしょく》に熟した芙蓉《ふよう》の実であろう。

三日後、鴉天狗の素姓がわかった。

根付師にあたって、判明したのだ。

象牙彫りの立ち馬はけっこう見掛けるが、親子馬となると珍しい。精巧な細工ができる根付師は江戸でもかぎられている。半四郎は御用聞きの仙三にも手伝わせて根付師を捜しだし、本人の口から頼み主である浪人者の姓名と居所を聞いた。

浪人の名は堀込彦十郎《ほりごめひこじゅうろう》、やはり、元南部藩の藩士だった。

居所は本所、横川と南割下水《みなみわりげすい》の交叉する長崎町《ながさきちょう》の裏長屋である。

横川沿いの西側には岡場所が点々としており、法恩寺橋《ほうおんじばし》そばの吉田町《よしだちょう》は夜鷹の会所があることで知られている。

半兵衛は半四郎をともない、さっそく足をむけた。

印籠を返しがてら、堀込にはなしを聞こうとおもったのだ。

すでに夜の帷《とばり》は下り、わずかに欠けた月が煌々とかがやいている。

「伯父上、堀込が親子馬を彫らせたのは、ほんの半月前だそうです。細工代は三両、垢じみた着物を着た痩せ浪人に、おいそれと出せる金額ではない。根付師は気を利かせたつもりで、立ち馬一頭なら半額でもよいと持ちかけた。ところが、親子馬でなければ供養《くよう》にならぬと叱られたのだとか。三両は前払いで貰ったそうです」

「供養か」

「おそらく、亡くした子の供養でしょう。文にあった子の名、たしか、ひこたろうでしたね。父親の名は彦十郎です」

「ふむ」

ふたりは物陰から、ひどく荒《すさ》んだ裏長屋をみつめた。

いちど訪ねたが留守だったので、裏木戸を見張っているのだ。

「あの長屋で暮らすのは、その日の飯にも困っている連中です。堀込彦十郎はどうやって三両もの金をつくったのでしょうね」

「ひょっとしたら、烏帽子屋の敷居をまたいでおるのかもしれぬ」

半刻（一時間）ほど経過しても、堀込は帰ってこない。長屋の連中はおおかた裏木戸をくぐり、それぞれの部屋へ消えていった。

ほとんど人影もみられなくなったころ、三十路を過ぎた女中奉公風の女がやってきた。

「おや」

半兵衛は、背筋の伸びた女の物腰に注目した。

「半四郎、どうおもう」

「はいろうか、はいるまいか、迷っておりますな」

女は風呂敷を抱えており、たしかに、裏木戸の狭間から内を窺っている。

「女中奉公の風体じゃが、武家の女にみえぬか」

「みえますね、顔つきに品がある。それに、富士額《ふじびたい》の額や頬やうなじのあたりが糸瓜《へちま》の汁でも塗ったように艶めいております」

「ふん、妙にこまかく観察しておるの。それにしても、この薄暗がりでようみえるな。わしにはほとんどみえぬぞ」

「鳥目《とりめ》ですか」

「何を言う。これでも若いころは夜目に長けておったのじゃ」

半兵衛は虚勢を張りつつも、眸子《まなこ》を糸のように細めた。

「あの女、ちと怪しいな」

「わたしもそうおもいます」

「お、木戸に背をむけたぞ。半四郎、跟けてみろ」

「伯父上は、いかがなされます」

「案ずるな。おぬしが帰ってくるまで、ここにじっとしておるわ」

「是非《ぜひ》とも、そう願いますよ。帰ってきたら道端に斃《たお》れていた、などということのないように」

「縁起《えんぎ》でもないことを申すな。早く行け」

「は」

半四郎の大きな背中が、闇に溶けた。

それから四半刻もせぬうちに、堀込彦十郎が千鳥足《ちどりあし》であらわれた。蛸入道《たこにゅうどう》のように面が赤い。かなり酒を呑んでいるのだろう。

「鴉天狗め、鼻を赤くしおって」

半兵衛は十まで数え、一抹《いちまつ》の躊躇《ちゅうちょ》もみせずに裏木戸をくぐった。

「ひとりでも何とかなるわさ」

ひょこひょこ足をはこび、黄ばんだ油障子のまえで行燈《あんどん》が点《つ》くのを待った。

そして行燈が点くと同時に、油障子を威勢良く引きあけた。

「ごめん、ちと邪魔するぞ」

快活に告げると、水瓶《みずがめ》のまえに跣《はだし》で立つ大男が首を捻った。

柄杓《ひしゃく》を口に近づけた恰好で、血走った眸子を剝いてみせる。

「何じゃ、おぬしゃ」

「ふほほ、忘れおったか。三味線堀の近くで逢ったであろうが」

「うぬのような老耄に見覚えはない」

「ならば、これはどうじゃ」

半兵衛は袖に手を突っこみ、印籠を取りだした。

堀込は眸子を見開き、掠《かす》れた声を搾りだす。

「そ、それをどうした」

「拾うたのよ」

「どこで」

「じゃから、三味線堀の近くと申したであろう」

「あ、さてはあのときの……財布を抛った老耄か」

「やっとおもいだしたか」

「何しにまいった」

「きまっておろう、落とし物を届けにまいったのよ。血のめぐりのわるい男じゃのう。酒のせいか、それとも、もともとわるいのか。ほれ」

印籠を差しだすと、堀込は引ったくるように受けとった。

「何じゃ、礼も無しか。せっかく届けにきてやったのに」

「ちっ」

堀込は背をむけ、柄杓にのこった水を呷った。

その背にむかって、半兵衛が疳高《かんだか》い声を投げかける。

「自分の持ち物さえもどれば、それでよいのか。わしの財布はどうした、あれを返せ」

堀込はものも言わず、ささくれだった畳にあがった。

蜘蛛《くも》の巣の張った神棚から財布を取り、ぽんと土間へ抛る。

半兵衛は渋い顔で財布を拾い、中味を調べてみた。

「おほ、あった、あった、これよこれ」

檀那寺《だんなでら》で買いもとめた大黒天《だいこくてん》の護符《ごふ》を摘みあげる。

「金など無くともよいのじゃ。これさえあれば幸運《ツキ》が舞いこんでくる」

堀込は暗がりに佇《たたず》み、ぼそりと発した。

「金は使った、許せ」

「ほほう、謝ったな。ちと、そこに座ってもよいか。年を食うと、足腰がすぐに疲れて困る」

半兵衛は返事も聞かず、上がり框に尻をおろした。

板の裂け目に、干涸《ひから》びた井守《いもり》が逃げこんでゆく。

堀込は突ったったまま、息を殺している。

三尺の大刀は、罅割《ひびわ》れた壁の隅に立てかけてあった。

「おぬし、南部八戸藩の藩士だったらしいの」

「何だと、調べやがったのか」

「よいではないか。調べたおかげで、だいじな印籠がもどったのじゃ。おぬし、藩を逐《お》われたであろう。理由は」

「耄碌爺《もうろくじじい》に喋ることはない。さ、用が済んだら帰ってくれ」

「まあ待て、急《せ》きたてるな。おぬしが藩を逐われた理由はわかっておる」

「何だと」

「善知鳥の惣六のせいであろうが。文字どおり、おぬしゃ月夜に釜を抜かれ、召放という厳しい沙汰を受けた。家名は断絶、食い扶持《ぶち》を断たれたおぬしは、妻子もろとも路頭に迷ったのじゃ。子はなく、妻には逃げられたと申したな」

「ああ、そのとおりだ」

「印籠に仕舞ってあった文、読ませてもろうたぞ。ひこたろうとは、おぬしの一粒種か」

「そ、そうだ」

気落ちした声が返ってくる。

半兵衛は深い溜息を吐いた。

「差しつかえなくば、事情を聞かせてくれい」

わずかな沈黙ののち、堀込は訥々《とつとつ》と語った。

「三年前の冬、彦太郎は流行病に罹《かか》ったのだ。あのとき、充分な薬を買ってやることができれば、治せたかもしれん」

質屋を梯子《はしご》し、悪名高い五両一からも高利の金を借りた。

が、高価な薬を買いつづけるには、もはや、辻強盗をやる以外に方法はなくなった。

「わしにはできんかった。つまらぬ武士の意地が邪魔してな、そのせいで彦太郎は亡くなった。まだ五つだぞ、くそっ、芥子《からし》坊主頭で袴着《はかまぎ》の祝いを済ませたばかりであった。神仏はあまりに酷《むご》い仕打ちをお与えなされた。妻は惚《ほう》けてしまい、三月ほど経ったある朝、ふっつりすがたを消した。わしのことが許せなんだにちがいない。わしがつまらぬ意地を張らねば、彦太郎を救うことはできた。どうして、辻強盗をはたらいてでも可愛い我が子を救ってやらなかったのかと、妻は夜毎夢に出てきてはわしを責めおるのだ」

「妻女の名は」

「芳恵《よしえ》。津軽屋敷に仕える足軽の娘でな」

「ほう、仇敵同士ではないか」

「芳恵は北の果てから、江戸藩邸へ奉公に呼ばれた。山出し者ゆえ江戸見物に出掛けたところ、町屋で暴漢に難癖をつけられてのう、わしが救ってやったのさ」

「それが運命の出逢いというわけか」

しめしあわせて何度か逢瀬《おうせ》をかさねるうちに、仇敵同士であることがわかった。

わかったときは後の祭り、これも天の悪戯《いたずら》か、おたがい、惚れてはならぬ相手に惚れてしまったのだ。

「わしは津軽屋敷から芳恵を奪い、身分を秘して妻に娶《めと》った。すぐに彦太郎が生まれ、ちょうど三年が経過したとき、藩邸の公金が盗まれるという一大事が勃《お》こったのだ」

堀込に何ら落ち度はなかったが、切腹した江戸家老の側近であったがために連座の罪を負わされた。江戸家老に近い者はみな、召放となった。のちにわかったことだが、厳しい処断の背景には対立する国家老との確執《かくしつ》があったらしい。が、文句を言ったところで、帰参できるはずもない。

「すべては、わしの不徳が招いたこと。芳恵がすがたを消したあと、わしは身も心も荒みきってしまった。盗み金で反吐《へど》を吐くまで酒を呑み、喧嘩沙汰を起こしては他人を傷つけてきた。今でも毎晩、性懲《しょうこ》りもなく繰りかえしておる。野獣も同然さ、わしは人の心を無くしてしもうた」

堀込は声を詰まらせた。

嗚咽《おえつ》を怺《こら》えているのか、鳥が鳴くような声が聞こえてくる。

半兵衛はまた、溜息を吐いた。

「おぬしゃまだ良心を失っておらぬぞ。それを証拠に、彦太郎の文を後生大事に携えておったではないか。親子馬の根付まで彫らせたであろう。亡くした子をおもう親の心がのこっておるかぎり、おぬしは立ちなおることができる」

「慰めは無用だ。根付にしたところで脅しとった金でつくらせたもの、汗水垂らして稼いだ金でつくらせたものではない」

「金を脅しとった相手は、烏帽子屋の善六かい」

ふいに水をむけると、暗がりのなかで眸子が炯々と光った。

「狸爺《たぬきじじい》め、狙いは何だ。言うてみろ」

「勘ぐるでない。おぬしを助けたいのじゃ」

「戯《ざ》れ言《ごと》を抜かすな」

堀込は狂犬のように吼え、低く身構える。

狭い部屋のなかに、突如、殺気が膨らんだ。

六

一刻ののち、半兵衛のすがたは裏木戸の外にあった。

半四郎が息を弾ませて帰ってきた。

「伯父上、女の身許がわかりましたぞ」

「ほう、さようか」

「名はおよし、深川蛤町《はまぐりちょう》の茶屋で賄《まかな》い女をやっております」

「およしか、なるほどの」

「何を頷いておられるのです」

「鴉天狗の女房がな、芳恵というのさ。芳恵とおよし、同一人物とみて、まずまちがいあるまい」

「伯父上、まさか、堀込彦十郎とお逢いになられたのですか」

「おう、逢った」

「勝手な行動はとらぬと、約束なされたでしょうが」

「よいではないか、固いことは申すな」

半四郎は気を取りなおすべく、ぷふうっと息を吐いた。

「それで、いかがでしたか」

「やつはわしのことを、どこぞの間者《かんじゃ》ではないかと勘ぐりおってな、仕舞いにゃ三尺の刀を抜きおった」

「何と」

「それがな、よくみりゃ刃引き刀よ、見かけ倒しの剛刀じゃった。人を斬るための道具ではなく、脅すだけの道具であったわ。おもったとおり、堀込彦十郎は人を斬ったことのない男じゃ」

「なぜ、おわかりになったのです」

「勘じゃ。人斬りの顔はの、暗がりに立てばみな髑髏《どくろ》にみえる。やつはそうみえなんだ」

珍妙な応えに面食らいつつも、半四郎は手を差しのべた。

「さ、伯父上、今夜のところは退散いたしましょう」

「そうはいかん」

「何を仰います」

「堀込は烏帽子屋を脅しておったぞ。しかも三度じゃ、そのたびに二両、三両と小金をせびりおってな、その金で親子馬の根付までつくらせた」

「莫迦《ばか》な野郎だな、まったく」

半四郎は抑えきれぬ感情をあらわにし、ぺっと唾を吐いた。

「阿呆、往来に唾を吐くな」

半兵衛は口を尖らす甥にむかって、厳しい眼差しをむける。

「おぬしにゃ痩せ浪人の悲哀がわからぬらしいの。みながみな、照降町で暮らす浅間三左衛門のごとき暢気者ではないのだぞ。ともかく、堀込という男は何をしでかすかわかったものではない。半四郎、ちと張りこんでおれ」

「へ」

「すぐに仙三を呼んできてやる。それまでの辛抱《しんぼう》じゃ」

「はあ」

「さればな。わしは家にもどり、酒を一杯飲《や》って寝る。この年になると、たっぷり眠らぬことにゃ、からだがもたぬのよ」

「そうしてくだされ、ここはわたしに任せて」

「ふむ、ではな」

半兵衛は、月影を月代に浴びながら歩みだした。

だが、隣の入江町《いりえちよう》を過ぎたあたりで足を止めた。

撞木橋《しゆもくばし》のほうから、頭巾をかぶった侍がやってくる。

さほど上背はないが、肩幅は広い。両肩は瘤《こぶ》のように盛りあがっている。

身なりから推すと禄を貰っている侍のようで、腰がどっしり座っていた。

すれちがった瞬間、危ういなという勘がはたらいた。

だいいち、亥《い》ノ刻（午後十時）に近い本所界隈で見掛ける風体《ふうてい》ではない。

半兵衛は十間ほどすすんで踵を返し、慎重に男の背中を追った。

しかし、男の歩幅は大きく、すぐに見失ってしまう。

長崎町まで舞いもどってくると、男が北中之橋《きたなかのはし》の手前で待ちかまえていた。

「おい、こっちだ」

　呼びつけられ、半兵衛は振りむいた。

「なあんだ、よぼの爺か」

「よぼの爺でわるかったのう」

「なぜ、わしを跟ける」

頭巾のしたから、くぐもった声が聞こえてくる。

半兵衛は、閂《かんぬき》差《ざ》しに差された腰の大小をちらりとみた。

「夜の散歩じゃよ。別段、咎めだてされることではあるまい」

「みえすいた嘘を吐くな」

「されば、教えてやる。長崎町の裏長屋に用事をおもいだしたのじゃ。そこに、甥が住んでおってな」

「甥の名は」

と聞かれ、半兵衛はにやりと笑った。

「堀込彦十郎」

発しながら、相手の様子を窺う。

頭巾が揺れ、動揺の色がみてとれた。

「おぬしも彦十郎に用事があるのか。なれば、同道いたそうではないか」

さきに歩みだすと、頭巾侍は黙って背にしたがった。

川端をすすむと、やがて、前方に北中之橋がみえてくる。

堀込彦十郎が住む貧乏長屋の裏木戸は目と鼻のさき、対峙する物陰に隠れた半四郎はおそらく、人の気配を察したにちがいない。

半兵衛はふと足を止め、振りかえった。

「最初《はな》から気になっておったのじゃが」

「何だ」

「おぬしの腰にぶらさがる印籠のことじゃ」

「印籠がどうした」

「黒地に螺鈿細工の家紋がくっきり浮かんでみえる。それは津軽の杏葉牡丹《ぎようようぼたん》であろう。わしは印籠の目利きでの、それだけの品はざらにあるものではない。もしや、津軽のお殿さまから下賜《かし》された品ではあるまいか」

よどみなく喋る半兵衛の台詞を、頭巾侍はぴくりとも動かずに聞いていた。

次第に、殺気が膨らんでゆく。

半兵衛は動じない。

気づかぬ風を装い、さらに畳みかけた。

「堀込彦十郎は元南部藩の藩士、南部と津軽は犬猿の仲のはずじゃがな」

頭巾侍が、やや腰を落とす。

大刀の柄に右手が移りかけたとき、

「あれは何じゃ」

半兵衛は、天空の一点を指差した。

頭巾が振りあおぐ。

そこには月があるだけだ。

ここぞとばかりに、半兵衛は頭巾侍に背をむけた。

老人とはおもえぬ速さで駈けに駈け、あらんかぎりの音量で叫ぶ。

「半四郎、半四郎」

だが、いくら呼んでも、ほんとうの甥っ子は出てこない。

「寝ておるのか、ぼけが」

さすがに途中で息が切れ、半兵衛はへたりこんだ。

その場に蹲《うずくま》り、鼓動《こどう》がおさまるのを待つ。

追っ手の影は、背後に近づいていた。

半兵衛の腰に大小はない。

隠居ののちは、帯刀して出歩くのをやめたのだ。

斬りつけられたら一巻の終わり、対抗する術《すべ》はない。

「老耄のわりにはよう走る。誰かの名を呼んでおったな。近くに鼠が潜んでおるのか……ふふ、息が苦しゅうて応えられぬか」

「ま、待て」

「命乞いか」

「ちがう、聞きたいことがある」

「詮無《せんな》きことよ。おぬしは地獄に堕《お》ちるのだ」

頭巾侍は腰撓《こしだ》めに構え、ずらりと大刀を抜いた。

「こやつ」

人斬りに馴れておるなと、半兵衛は直感した。

七

断末魔《だんまつま》の叫び声よろしく、駄目元で干涸びた咽喉《のど》を振りしぼった。

「半四郎、半四郎」

すると、裏木戸のそばに大きな人影がのっそりあらわれた。

「お、半四郎か」

いや、ちがう。

右手に三尺の剛刀を提げた浪人者だ。

「堀込彦十郎か」

半兵衛ではなく、頭巾侍が吐きすてる。

「のこのこ出てきおったな。ちょうどよい、手間が省けたわ」

堀込は毛黶《けずね》を剝き、大股で近づいてくる。

「頭巾なんぞかぶりおって、面《おもて》をみせろ」

「死出《しで》の餞別《せんべつ》になるというなら、みせてもよい。が、やめておこう。顔に返り血を浴びたくないのでな」

「恰好つけるな、誰に頼まれた」

「さあ、おのれの胸に聞いてみろ」

「烏帽子屋か、善知鳥の惣六もずいぶん偉くなったもんだ。自分の手を汚さずに刺客を差しむけるとはな。おぬし、いくらで雇われた」

「金なぞいらぬ。わしはな、南部侍をみると虫酸《むしず》が走るのよ」

「なるほど、津軽の犬か」

双方とも、間合いを探りながら喋っている。

物陰へ逃げこむ半兵衛のことなど、もはや、眼中にない。

ふたりは五間の間合いを保ちながら円を描き、月を背にした絶好の位置取りへ躙《にじ》りよってゆく。

頭巾侍のほうに、余裕が感じられた。

なにしろ、刀を抜こうともしないのだ。両腕を鷲《わし》のように大きくひろげ、ゆったりと構えている。

一方の堀込は長尺の刀を青眼に構えたり、右八相《みぎはっそう》にもちあげてみせたり、どうにも落ちつきがない。

なんといっても、刃引き刀である。斬っても斬れず、力任せに叩きつけるしかない。威嚇《いかく》するためだけの得物《えもの》が、本物の剣客に通用するはずもなかった。

刃引き刀であることを相手に知られれば、そこで勝負はあったも同然となる。

焦りは構えに投影され、肩に余計な力がはいりすぎていた。

板の間の申し合いでは強くとも、本番で勝てるとはかぎらない。

人を斬ったことがあるかどうか、真剣勝負でものを言うのは経験の差だ。

「来ぬのか。ならば、こちらから行くぞ」
頭巾侍はあくまでも抜かず、身を沈めた。
「へいや」
鋭い気合いを発し、飛蝗《ばった》のように跳ねる。
機先を制して首を狙う抜きつけの剣、神道流《しんとうりゅう》の居合術にある秘技だ。
頭巾侍のからだは、中空の闇にある。
疳高い響きとともに、火花が散った。
双方が反撥《はんぱつ》しあい、地に降りたって対峙する。
まずは、小手調べというところか。
端でみている半兵衛は、息を呑んだ。
「ふっ、わしの抜きつけを、よう躱《かわ》したのう」
頭巾侍は片膝を折り敷き、刃を鞘に納めた。
闘いをやめたのではない。抜き際の二撃目で勝負をつけようというのだ。
堀込はびっしょり汗を搔き、肩で息をしている。
どうやら受けどころがわるく、棟区《むねまち》のあたりに罅《ひび》がはいっていた。
もはや、刀は使えぬ。

素手《すで》で挑んで相手を組み敷き、首の骨でも折ってやるしかない。

「くふふ」

頭巾侍が笑った。

「そなたの得物、とんだ鈍刀《なまくら》のようだな。これ以上、刃引き刀でやりあうのは無理だぞ」

見破られている。

堀込ばかりか、半兵衛も観念した。

と、そのとき。

別の大きな人影が、裏木戸のほうから近づいてきた。

月影に照らされた男は、髪を小銀杏《こいちょう》に結った同心である。

切れ長の眸子で睨みつけ、背中から朱房《しゅぶさ》の十手を引きぬいた。

「この蒸し暑いのに、頭巾とはな」

甥っ子の声を聞き、半兵衛は苦い顔をつくった。

堀込は、きょとんとしている。

頭巾侍は後ずさりし、踵を返すや、脱兎のごとく駆けだした。

誰も追おうとはしない。

半兵衛はつかつかと歩みより、半四郎を叱りつける。

「莫迦者、どこで油を売っておったのじゃ」

「河原でちと、糞《くそ》をひっておりました」

「糞か」

「はい、どうも昼餉に食った蛤に当たったらしく」

ふたりの掛けあいを聞きながら、堀込は鯆のはいった鈍刀を鞘に納めた。

こほっと咳払いをし、生気のない声で喋りだす。

「どうでもよいが、おぬしら、町奉行所《まちかた》か」

「こやつは定廻りじゃが、わしゃ引退した身じゃ。これでも、風烈見廻り役を三十有余年もつとめたのじゃぞ。わしはな、風を読むことができるのじゃ」

「だから、どうした」

「ふほほ、おぬしに風がむいておる。伸《の》るか反《そ》るかは、おぬし次第よ」

半兵衛がにっこり微笑むと、堀込は毒気を抜かれたようになった。

「そういえば、放下師の女が訪ねてきたぞ。烏帽子屋の正体を執拗《しつよう》に聞いていったわ」

雪乃であろうと、半兵衛は合点した。

「で、おぬしゃ何と応《こた》えたのじゃ」

「烏帽子屋の正体は世間を騒がせた盗人だ。そう答えたら、女は瞳をかがやかせた。もういちど逢いにくると言い残してな。ふっ、なかなか良い女でのう、心待ちにしておるのだが、いっこうにあらわれぬ。女の替わりに、耄碌爺と図体のでかい十手持ちがあらわれたというわけだ」

「わしらがおらなんだら、おぬしゃ斬られておった。少しは感謝せい」

「斬られたらそれまで。どうせ、糞のような人生だ。死んでも悔いはない」

「それがおぬしの本心とはおもえぬ。妻女に再会したくはないのか」

「勝手に逃げた女のことなど、どうともおもっておらぬ」

「妻女が逢いたがっておるとしたら」

「何だと」

「さきほどな、裏木戸を覗いているおなごをみた。富士額の賢そうなおなごじゃ。ずいぶん迷ったすえに引きかえしていきおったが、毎夜のように訪ねておるのやもしれぬ。木戸を抜ける勇気がもてず、いつもしょんぼりと引きかえす。そうした女の健気さがわからぬのか。まあ、おぬしのごとき、がさつな男にゃわかるまいて、ぬははは」

堀込は眼差しを宙に遊ばせ、ことばを探しあぐねている。

薬がかなり効いたらしいと、半兵衛は秘かにほくそ笑む。

「それはそうと、あの杏葉牡丹は何者じゃ。心当たりはないのか」

「ないことはない。津軽きっての剣客に神道流の居合技を使う者がおる」

「ほう」

姓名は峰岸陣内《みねぎしじんない》、弘前藩留守居役小野寺采女《おのでらうねめ》の子飼いにして、江戸藩邸警護の要《かなめ》とも言うべき御手廻り物頭《おてまわりものがしら》をつとめているという。

「それだけの男が刺客に早変わりするとはな、よほどの事情があるとみた。のう、おぬしは事情を知るがゆえに、命を狙われたのではないのか」

「脳味噌《のうみそ》は惚けておらぬようだな。そのとおり、わしは烏帽子屋の悪事を知っているがゆえに、命を狙われておるのではない」

「されば、なにゆえ」

「抜け荷さ。小野寺采女がその元凶よ」

「訴えぬのか」

「町奉行所へか。それとも、大目付の役宅へか。ふっ、どっちにしろ、上から潰されるのがおちだ。小野寺はどのような手段を使ってでも、訴えを斥《しりぞ》けようとす

るだろう。さりとて、捨ておくつもりもない。いろいろ悩んだあげく、目安箱《めやすばこ》に

でも訴えようかとおもっておったところだ」

言うまでもなく、目安箱への訴えは将軍直訴《じきそ》の最終手段にほかならない。

「おぬしの首も飛ぶぞ」

「相討ち覚悟で挑まねば、悪党どもの首は獲《と》れぬ」

「ふほっ、気に入った。おぬし、武士の気骨を忘れておらんではないか」

半兵衛は嬉しそうに身を寄せ、堀込の肩を力任せに叩いた。

八

五日経った。

鳥兜《とりかぶと》や竜胆《りんどう》といった紫の花が庭に咲きはじめている。

だが、半兵衛の目に映っているのは、庭の一隅を真紅に染める曼珠沙華《まんじゅしゃげ》だ。

「おつやはあれが好きか。わしゃどうも好きになれぬ、抹香臭《まっこうくそ》うてな」

彼岸花《ひがんばな》、天蓋花《てんがいばな》、捨子花に死人花、そうした名を冠されてしまったがために、

火炎のような美しい花は特別の目でみられるようになった。

おつやは好きとも嫌いとも言わず、ただ、奥ゆかしげに微笑んでいる。

半兵衛は諸白《もろはく》を舐め、夕陽を浴びていっそう燃えあがる曼珠沙華を眺めた。

ふと、雪乃の顔をおもいだす。

一昨日《おととい》、萎《しお》れた顔で訪ねてきたのだ。

役目が嫌になったと嘆くので理由を問えば、奉行の筒井紀伊守から「以後の探索におよばず」との命があったとこぼす。なんでも、老中首座《ろうじゅうしゅざ》の水野忠成《ただあきら》から直々《じきじき》に下された厳命らしかった。

このところ頻繁《ひんぱん》に来襲する露国《ロシア》へ備えるべく、津軽弘前藩には蝦夷地防備の重い役割が課されている。それを根拠として、津軽出羽守寧親《やすちか》（第九代藩主）のもと、同藩は蝦夷地出兵の功績を評価され、十万石への高直《たかなお》しが認められたばかりだった。

したがって、少々の不正があっても目を瞑《つぶ》らざるを得ない。

大事のために小悪を赦《ゆる》す。

それが奉行の口から洩れた理由であった。

――耳を疑いました。

雪乃の震えるような怒りは、半兵衛にはよく理解できた。

留守居役自身の関わる抜け荷が、小悪であるはずはない。

が、確乎《かっこ》たる証拠をつかまぬかぎり、悪を裁くことはできぬのだ。

ともあれ、幕府は蝦夷地防衛の観点から、津軽屋敷への探索取りやめを決めた。となれば、目安箱への直訴も握りつぶされる公算は大となる。なにしろ、将軍家斉《いえなり》は政事に関心が薄く、いかなる案件も老中たちに丸投げするからだ。

このたびの一件で筆頭老中にはたらきかけ、幕閣の決定に深く関わったのが誰あろう、津軽家留守居役の小野寺采女であった。当然ながら、みずからの立場を保全する術は心得ている。抜け荷の疑いなど絵空事《えそらごと》にすぎぬとの一点張りで押しとおし、小野寺は江戸家老にも国元にも涼しい顔で難事は去ったと胸を張ったにちがいない。

「悪党どもの高笑いが聞こえてくるようじゃ」

裏の事情など、半兵衛には関心がなかった。

いかにして相手をやりこめるか、考慮すべきはその一点のみだ。

すでに、いくつかの手は打ってある。

棋士《きし》のごとく、的確に玉《ぎょく》を詰めてゆく心境だ。

手駒がおもいどおりに動いてくれれば、勝ちはみえている。

「おつや、ちと出掛けてくる」

半兵衛は立ちあがり、錆《さ》びた大小を腰に差した。

いつもと異なる様子を敏感に察し、おつやは不安げに行き先を訊ねてくる。

「案ずるな、たまにゃ若うなった気分で町を散策したい。それだけのことよ」

久方ぶりなので、差料《さしりよう》がずっしりと重く感じられた。

考えてみれば、不思議な因縁《いんねん》というよりほかにない。辻強盗をはたらいた食い詰め者を救うべく、ここまで必死になっている。庭の花でも愛でておればよいものを、わざわざ自分を窮地へ追いこもうとしているのだ。

何がそうさせるのか。

堀込彦十郎が抱える事情でもなければ、善知鳥の惣六との因縁でもない。半兵衛は別の何かに駆りたてられている。もしかしたら、悪党と正面切って対峙し、血が滾《たぎ》りたつような充実感を、もういちど味わいたいだけなのかもしれない。

ずっしりとくる刀の重みが、つぎからつぎへと雑念を想起させる。

「いかん、いかん」

半兵衛は首を振った。

必要なものはただひとつ、この手で正義をおこなうのだという揺るぎない信念だけだ。

簀戸門《すどもん》を抜けて道へ出ると、さっそく物陰から声が掛かった。

「ご隠居さま、こっちこっち」

風采《ふうさい》のあがらぬ小男が、招き猫のように手招きしている。

「卯吉《うきち》か、どうであった」

「へい、ご命じのとおりに」

「さようか」

男は名を藪睨《やぶにら》みの卯吉という。表向きは浅草黒船町《くろふねちょう》に住む香具師《やし》の元締めだが、裏では巾着切《きんちゃくきり》を束ねている。十五年余りまえ、揉《も》め事《ごと》に巻きこまれたところを助けてやった。それ以来の付き合いになる。巾着切にしては義理堅い男で、盆暮れにはかならず旬《しゅん》の食い物を携えて挨拶にきた。毒にも薬にもならぬ小悪党だが、いざというとき役に立つ。

頼んだことはふたつ、いずれも烏帽子屋善六への仕掛けであった。

ひとつは廻船問屋『岩倉屋《いわくらや》』の番頭に扮《ふん》して善六に逢い、主人の『幸兵衛《こうべえ》』から儲け話がある旨を伝えること、さらにもうひとつは往来ですれちがいざま、善六の袖に文を入れておくことだった。岩倉屋も幸兵衛も勝手につくった名、袖に入れた文には「うまいはなしにゃ気をつけろ。今宵子《ね》ノ刻（午前零時）、一ツ目弁天《べんてん》にて待つ。事情を知るものより」と記されてあった。

善六の注意をひき、疑心暗鬼《ぎしんあんき》にさせるための仕掛けにほかならなかった。

「卯吉よ、面倒なことを頼んだな」

「なんの、お安いご用で。ご隠居さまにゃ一生掛かっても返せねえ御恩がありやす。こうして使っていただけるのが、あっしは嬉しいんですよ」

「ありがとうよ」

「さ、こちらの物陰へ。損料屋《そんりょうや》で借りた衣裳に着替えてもらわねえと」

「おう」

半兵衛は商家の旦那が纏う黒羽織に着替え、髷まで町人髷に結いなおさせた。

「へえ、こいつは驚いた。どっからみても岩倉屋幸兵衛ですぜ」

「ふむ、この件はおつやに黙っておれよ」

「承知しておりやすよ。おつやさんに余計な心配を掛けたくねえお気持ち、あっしにゃようくわかりやす」

「念のため大小を差してきたが、いらぬか」

「ひとまずは、お預かりしときやしょう」

「おう、そうしてくれ」

ふたりは辻駕籠に乗って柳橋へむかい、猪牙《ちょき》を仕立てて大川から本所竪川へ漕ぎすすんだ。

亀戸町の烏帽子屋へ達するころには日没となり、周囲は薄闇につつまれていた。

「あっしは外でお待ちしやす」

「ふむ、さして長くはかからぬ。半刻経っても出てこぬようなら、照降町の浅間三左衛門を呼んできてくれ。あやつにだけは事情をはなしてある」

「半四郎さまはご存じないので」

「やつも十手持ちの端くれ、お上の禄を喰《は》んでおる。こたびの悪党退治に巻きこむのは、ちと酷じゃ。上の命に逆らうことになるからの」

おなじ理由で、雪乃にも報せていない。

半兵衛は悠揚と歩をすすめ、烏帽子屋の敷居をまたいだ。

手代に来意を告げると、抹香臭い奥座敷へ通された。

「なんじゃ、仏間か」

仏壇には曼珠沙華が手向けられ、線香が白い煙を燻《くゆ》らせている。

待たされることもなく、主人の善六があらわれた。

顔も腹もでっぷりし、若いころの面影は微塵《みじん》もない。

しかし、面影がないといえば、半兵衛のほうが勝っていよう。皺顔《しわがお》に柔和な笑みを湛《たた》えた老人が、かつて「落としの半兵衛」と怖れられた十手持ちだとは想像もつくまい。

案の定、善六は気づいた素振りもみせなかった。

「岩倉屋さん、ご用件を承《うけたまわ》りましょう」

「ではさっそく。先月中頃、大時化《おおしけ》で座礁《ざしょう》した露国の船がありましてな。場所は江差《えさし》の沖合いでござる。これがただの船ではない、長さ五丈の千石船じゃ。船底にどっさり詰まった荷は煎海鼠に干鮑、わが国では長崎でしか扱えぬ御禁制の俵物にござります」

「ほう」

善六の目がきらりと光った。

半兵衛は笑顔を絶やさない。

「何の因果か、手前にお鉢がまわってきましてな」

「お鉢とは」

「船から荷を奪った連中から、まとめ買いすれば格安にするからと、持ちかけられております。つまりは危うい儲け話、俵物を買うのは吝《やぶさ》かではないが、何せ手前は品のさばき方をよう知りませぬ。そこでじゃ、よろしければ烏帽子屋さんに助けてもらえぬだろうかと、さようにおもうてな」

利益は折半、利に聡《さと》い悪徳商人ならば、興味をしめす内容だ。

「こほほほ、面食らっておられるようじゃな。無理もない、どこの馬の骨ともつかぬ老耄から、わけのわからぬはなしをされても、返事のしようがあるまいて」

「岩倉屋さん、失礼だがご出立は」

「能登《のと》でござるよ。外浦のさきっぽでしてな、屋号は地元の岩倉山からとりました。手前は北前廻船の船主、千石船を五艘ほど使いまわして蝦夷と大坂を行ったり来たり、時折、こうして江戸へも寄港いたします」

「すると、江戸店はおもちでない」

「はい」

「手前のことは、どこでお知りになられた」

「おう、そうじゃ。何よりもまず、それを説かねばならぬ。陸奥《みちのく》の外ヶ浜《そとがはま》と申せば青森湊、湊には越前町《えちぜんちょう》がござりましょう。そこに知りあいがおりましてな、かの湊はそのむかし、善知鳥村と呼ばれておったとか。ふふ、烏帽子屋さんにとって善知鳥は関わりの深い名ではござらぬのか」

「ん」

善六は、片眉を吊りあげた。

まちがいない、善六は善知鳥の惣六なのだ。

「ご案じめさるな。烏帽子屋さんが世間を騒がせた盗人だなどと、言い触らしたりはしませぬよ。手前も商人の端くれ、利になること以外に興味はない」

「わしが盗人だなどと、いってえ、どこのどいつが抜かしたんだ」

ぞんざいな口調で吐きすてる善六を、半兵衛は射竦《いすく》めるようにみつめた。

「知りたいか」

「ああ、言ってみろ」

「津軽屋敷の御留守居役じゃ。たしか小野寺采女とか申したな。船団を抱えるわしの噂を誰かに聞き、御用達にならぬかと誘うてきたのじゃ」

「なに」

「さよう、おぬしの後釜《あとがま》じゃよ。調べてみれば何やら焦臭《きなくさ》い。抜け荷の裏を知る者でなければ、御用達はつとまらぬようでの。こうみえても、わしゃ慎重で義理堅い男じゃ。烏帽子屋さんを差しおいて御用達なぞお受けできぬと断ったらば、小野寺采女はそっちのほうは任せておけと胸を叩いた」

「ど、どういうことだ」

「蜥蜴《とかげ》の尻尾切りじゃ。早晩、刺客が振りむけられよう。どうやら、おぬしは知りすぎた男らしい。ちなみに、わしゃ本気で御用達になる気はない。おぬしとおんなじ悲惨な運命をたどるのは御免じゃ。ただ、それとこれとは別のはなし、御禁制の俵物をどっさり横流しいたすゆえ、たんまり儲けるがよい。その儲けを抱えて、どこぞへ消えたほうが身のためじゃぞ」

「ふん、戯れ言を抜かしおって」

「地金が出おったな。善知鳥の惣六よ、わしゃ生来のお節介焼きでな、犬死にする運命にある者を黙って見殺しにするわけにはいかぬ。それゆえ訪ねてきてやったに、茶のひとつも出さぬとはのう」

「こやつめ、どうも胡散臭《うさんくせ》え」

「信じねばそれまで。わしゃ帰る」

半兵衛は、ひょいと腰をあげた。

「待て」

「ん、何を待つ」

「いいから座れ。宇治《うじ》の美味い茶を淹れてやる」

「いいや、結構。わしゃおぬしの事情を承知したうえで、うまいはなしを持ってきた。おぬしも悪党なら、わしも悪党、たがいにこの年までさんざ悪事をかさねてきたのじゃ。ここでまたひとつ悪事を積みあげても、どうということはあるまい。のう、受けるか受けぬかは、おぬし次第じゃ。よかろう、今の今とは言わぬ。返事は明晩、柳橋の夕月楼で待っておる」

「夕月楼か」

「さよう、亥ノ刻までに来なんだら、わしゃ鉄砲洲沖から蝦夷地行きの船に乗る。おぬし以外にも、二、三あたりをつけてあるでな」

「くそっ」

獲物は餌に食いつこうか、食いつくまいか、迷っている。

もうひと押しだなと、半兵衛は胸の裡《うち》でほくそ笑んだ。

九

一ツ目弁天は竪川が大川へ注ぐ手前、一ツ目之橋を南に渡ったところにある。

近くに葦簀《よしず》張りの茶屋が数軒ならび、酌取女《しやくとりおんな》と呼ぶ遊女を買うことができる。床代は二分、昼夜通しだと一両一分、けっして安くはないが、それ目当ての遊客はけっこういるらしい。

西隣は水戸藩の石置場で、そのむこうには大川が滔々と流れている。

物寂しい川端には、菰《こも》を抱いた白首の娼婦が佇んでいたりする。

このあたりはまた、辻斬りが出没することでも知られていた。

見上げれば、半月がくっきりみえる。

「もうすぐ子ノ刻か」

かたわらでつぶやくのは、助っ人に呼んだ浅間三左衛門である。

半兵衛は商家の旦那然とした扮装《いでたち》から、こんどは町奉行所同心の恰好に早変わりしていた。格子縞《こうしじま》の着流しに紹羽織を纏い、髷も小銀杏に結いなおした。結ったのは藪睨みの卯吉ではなく、本職の仙三だ。

帯には大小まで閂差しされ、背中には朱房の十手がみえた。

昔取った杵柄《きねづか》か、帯に鉄のかたまりをぶちこむと、気持ちがしゃんとする。

「役目を辞してから、かれこれ十年になるか。光陰矢《こういんや》の如《ごと》しじゃな」

「半兵衛どの、気持ちだけ先走っては困ります。からだはついてこぬのですから」

「わかっておるわ」

「ふたりとも、来ますかね」

「来る、少なくともひとりはな」

「峰岸陣内とかいう剣客ですか」

「さよう」

峰岸の袖にも、卯吉は文を入れた。

文面は烏帽子屋の裏切りを示唆《しさ》するもので、やはり、場所と刻限が明記されてある。

半信半疑ながらも、峰岸はやってくるにちがいない。

そして、善六の裏切りを目の当たりにするのだ。

「峰岸は居合を使う。厄介な男じゃ。堀込彦十郎ひとりでは、どうにも心もとのうてな、仕方なくおぬしを呼んだ」

「仕方なくとは、どういうことです」

「いないよりはいい、というほどの意味じゃ。わからんのか」

「不愉快ですな、腹が立ってきた」

「まあ、気にいたすな」

「なるべくなら、抜かずに済ませたいものです」

「わかっておる」

「どっちにしろ、烏帽子屋にも来てもらわねば、半兵衛どのの思惑どおりに事はすすみませぬな」

「そこは賭《か》けだ。じゃが、わしがやつなら、きっと来る」

盗人稼業をつづけておれば今夜にでも逃げだしたいところだが、惣六はきっとここまで築いてきた地位を失いたくないはずだ。となれば「岩倉屋幸兵衛」に告げられた内容が真実かどうか、つまり、自分は蜥蜴の尻尾と同様に扱われるのかどうか、そこがどうしても知りたくなる。

「罠《わな》と疑いつつも、惣六は必ずやってくる」

「守勢にはいった相手は攻めやすい。将棋《しょうぎ》の鉄則ですか」

「ま、そういうことじゃ」

跫音《あしおと》がひとつ聞こえ、藪睨みの卯吉が駈けてきた。

「ご隠居さま、来やした、烏帽子屋です」

「ほ、そうか」

「懐中に匕首《あいくち》を呑んでおりやす。どうかお気をつけて」

「よし」

さらにもうふたつ、跫音が近づいてくる。

身軽な足取りであらわれたのは、髪結いの仙三だった。

背後に付きしたがう大男は、堀込彦十郎である。

腰の大刀はかなり短くなったが、刃引き刀ではない。

「ご隠居さま、頭巾侍もこっちにむかっておりやすぜ」

「ふふ、よし、飛車角《ひしやかく》を取って玉を詰めるとするか」

もういちど段取りを確かめ、四人は四方へ散った。

半兵衛だけは居残り、ゆっくり弁天堂へむかってゆく。

堂宇《どうう》を仰ぐ参道に、人影をみつけた。

「おい、こっちだ」

声を掛けると、月影を浴びた不安げな顔が振りむいた。

烏帽子屋善六、いや、善知鳥の惣六がそこにいる。

「お、おめえ」

惣六は半兵衛を見定め、呆気《あつけ》にとられた。

「惣六、どうじゃ、わしをおもいだしたか」

「くそっ、おめえは、あんときの同心か」

「ふふ、おぼえておったか」

「忘れるわけがねえや。唯一、善知鳥の惣六に縄を打った野郎じゃねえか。名はたしか、八尾……そう、八尾半兵衛だ」

「嬉しいのう、ようおぼえていてくれた」

半兵衛は一段と声を張りあげ、吼えるように喋りはじめた。

「おぬしのことを心待ちにしておったぞ。約定《やくじょう》どおりに訴人《そにん》をすれば、来し方の罪は不問にいたそう」

「な、何を言ってやがる」

「よいよい、仲間を裏切りたくない気持ちはようわかる」

刹那《せつな》、闇のなかから、頭巾侍がひとり抜けだしてきた。

するりと惣六の背後に近づき、前触れもなく白刃を抜く。

「うわっ」

惣六は腰を浅く斬られ、地べたに転がった。

ふつうの者なら、腰骨を断たれていたところだ。

「くそっ、塡《は》めやがったな」

惣六は何とか立ちあがり、匕首を抜いた。

頭巾侍が詰めてゆく。

「待て、待ってくれ……み、峰岸さま」

匕首を逆手に握りつつも、惣六は半泣きで懇願する。

「こいつは誤解だ。おれは裏切っちゃいねえ」

「盗人め、見苦しいぞ」

「ちくしょう」

惣六は渾身《こんしん》の力を込め、峰岸陣内に突きかかった。

「なんの、いえい」

紫電一閃《しでんいっせん》、白刃が半月の弧を描き、瞬時にして鞘におさまる。

「あれ」

惣六の両膝が抜けおちた。

と同時に、首が胴を離れて転がった。

半兵衛はひとことも発せず、厳しい顔で佇んでいる。

峰岸陣内は、頭巾をはぐりとった。

ふうっと、大きく息をひとつ吐く。

頬が異様に痩《と》けた骨張った顔つきだ。

「おぬし、長崎町の川端で逢ったたな」

「そうであったかな」

「惣六を塡めたのか」

「塡めたとしたら、どうする」

「どうもせぬ。惣六は死にゆく運命にあった」

「裏事情を知りすぎておったからか」

「まあ、そんなところだ」

「で、わしをどうする」

「斬るさ、きまっておろう」

「できるかな、まわりをみてみろ」

「ん」

暗がりに四つの人影が立ち、輪を狭めてくる。

峰岸は胸を反らし、月にむかって高らかに嗤《わら》った。

「ふはは、獲った気でおるのか。わしは津軽随一の剣客ぞ。いくら人数を懸けたところで無理というものじゃ……おや、堀込彦十郎も紛れておったか。ちょうどよい、こんどこそ引導を渡してくれる」

半兵衛が、静かに声を掛けた。

「峰岸陣内、おぬしの相手はわしひとりで足りるかもしれん」

「なんだと、老耄め」

「おぬしゃ、わしに一歩も近づけぬ。どう足掻《あが》いても無理じゃ」

「黙れ、死ねがよい」

峰岸は身を沈め、飛蝗のように跳ねとんだ。

繰りだすのは神道流の必殺技、抜きつけの剣にほかならない。

つぎの瞬間、半兵衛の喉首は串刺《くしざ》しにされてもおかしくはなかった。

正直なはなし、堀込も三左衛門も目を覆ったのだ。

「ぎゃっ」

しかし、闇夜に響いたのは、峰岸の悲鳴だった。

着地した両足が、鉄菱《てつびし》を踏みぬいている。

半兵衛がばらまいたのだ。

突起の長さは二寸もあるので、鋭利な先端は甲を突きぬけていた。

「くう……くそっ」

「ふっ、油断したな。月夜に油断は禁物じゃ」

「ぬおっ」

峰岸は尻をついたまま、闇雲《やみくも》に刀を振りまわす。

「悪足掻《わるあが》きはよさぬか」

半兵衛は懐中から縄を取りだし、輪になった先端を頭上で旋回させた。

「ほい」

的の首めがけて、無造作に投擲《とうてき》する。

「ぬ」

輪は見事に的を捕らえ、威勢良く引っぱるや、きゅっと首が絞まった。

峰岸の手から、刀が転げおちる。

首根を絞められ、昏倒《こんとう》したのだ。

「ほれ、手伝え。じゃが足もとの鉄菱に気をつけてな」

「合点」

仙三と卯吉が駈けよせた。

峰岸は後ろ手に縛られながら、息を吹きかえした。

「お、生きておったか。あまりきつく絞めると、首の骨が折れる。そのあたりの加減が難《むずか》しゅうてな」

「や、ははは、お見事、お見事」

三左衛門が、称賛の声をあげる。

「噂に違《たが》わぬ投げ縄の妙技、助っ人など要りませんでしたな」

堀込はあいかわらずの仏頂面《ぶっちょうづら》だが、少なくとも敵意は感じられない。

ひとり暗がりに歩をすすめ、惣六の死に首をしげしげと眺めている。

できれば、自分の手で始末したかったのだろう。

どっちにしろ、余計な殺生はやらせぬにかぎる。

「さあて、もうひと仕事じゃ」

半兵衛は銀流しの十手を引きぬき、肩を軽く叩いてみせた。

十

半兵衛はその足で烏帽子屋へむかい、十手の威光で店内に踏みこむや、土蔵の隅々にいたるまで隈無《くまな》く家探しをおこなった。

夕月楼の金兵衛にも助っ人を仰ぎ、若い衆を動かしてもらったので、捕り方に化けた三十有余の男たちが汗だくになって探しまわり、ようやく空が白みかけたころ、抜け荷の詳細を綴った裏帳簿をみつけた。さらに、小野寺采女の署名と花押《かおう》の記された御用達の御免状《ごめんじょう》も手に入れることができた。

裏帳簿と御免状を合わせて江戸家老のもとへ内々に訴えでれば、もはや、小野寺はいかなる言い逃れもできまい。抜け荷など知らぬ存ぜぬと言い張ったところで、烏帽子屋の罪状が明白になれば一蓮托生《いちれんたくしょう》とみなされる。なぜなら、小野寺と善六の蜜月を知らぬ者は藩内にひとりもいないからだ。

しかし、半兵衛は念には念を入れて、日本橋南詰めの晒《さら》し場《ば》に軍鶏駕籠《しゃもかご》を一挺《いっちょう》捨てさせた。

駕籠のなかには十文字縄に縛られた罪人がひとり、猿轡《さるぐつわ》を咬まされていた。そして、白い布でくるんだ町人の生首がひとつ、罪人の胸に袈裟《けさ》を掛ける要領でぶらさがっているらしかった。

捨て札には、達筆で「津軽家留守居役方用人、峰岸陣内。某辻にて町人を斬りふせし不届《ふとど》き者《もの》、見知りおきの御仁は受けとり勝手次第にて願いつかまつり候《そうろう》」とあり、黒土には銀砂《ぎんしゃ》を流したような梨子地肌《なしじはだ》に血曇《ちぐも》りの浮いた本身が突きささっていた。

数日後、半兵衛のすがたは亀戸の龍眼寺にあった。

おつやのほかに連れは半四郎ひとり、伯父のまえでは羊に変わる甥っ子は理由も告げられず、渋々ながらついてきたのだ。

「伯父上、軍鶏駕籠ともども晒し場に捨てられた峰岸陣内、今朝方、津軽屋敷内にて斬首されましたぞ」

「さようか」

「いったい、どこのどいつが晒したのか」

「見当もつかぬな」

「十文字縄の縛り方から推すと、縛りに精通した者の仕業《しわざ》かとおもうのですが」

「捕り方かもしれぬのう」

「あっ、まさか、伯父上ではありますまいな」

「わしであったら、何とする」

半四郎はしばし考え、首を捻った。

「はて、何やら嫌な気分ですな。蚊帳《かや》の外に置かれたようで」

「ふほほ、雪乃もおなじように応えておったわ」

「雪乃どのが」

「そうじゃ。御老中の水野さまが抜け荷の探索中止を決められたであろう。じつはな、はたらきかけをおこなった藩が津軽とは別にあったらしい」

ほかでもない、犬猿の仲とされる南部家盛岡藩である。

「いささか、複雑な事情のようでな」

それというのも、南部家当主の年若い大膳大夫利用《だいぜんだいぶとしもち》（第十一代）は、以前から替え玉ではないかという疑いが囁かれていた。第十一代当主にきまった本物の利用が将軍御目見得《おめみえ》の直前に急死したため、無嫡子《むちゃくし》による廃絶を懼《おそ》れた重臣たちが別の若者を同一人物に仕立てあげたという。

津軽家側が右の件に関する証拠を握っており、それを盾にとって南部藩から幕閣へ探索中止を願い出させた一方、幕閣も、ともに蝦夷地防衛に勤《いそ》しむ南部と津軽の共倒れをふせぐべく、抜け荷を不問に処するとの断を下したのだ。

「嘘のようなはなしですね」

「まあ、どうでもよいが、雪乃は口惜しがっておった」

「口惜しがる顔など、わたしにはみせたこともありませんよ」

「ぬほ、おぬしに弱みをみせとうないのじゃ」

「はなしはもどりますが、軍鶏駕籠を捨てさせたのは伯父上なのですか」

「んなわけがなかろう。わしのごとき老耄に何ができる」

「ですよね。それを聞いて安心しました」

にっこり笑う甥っ子を、半兵衛は睨みつけた。

「ふん、みくびりおって」

「何か仰いましたか」

「何でもない。それより、峰岸陣内の飼い主はどうなった」

「はい、小野寺采女は切腹を申しつけられたにもかかわらず、中気《ちゅうき》で倒れ、そのまま逝ったそうです」

「中気か。そういえば、鯊《はぜ》を食い忘れておったな」

「鯊ですか」

「知らぬのか、彼岸の中日には鯊を食う。それが中気のまじないになるのよ」

「ほほう、知りませんでした」

「今は彼岸潮じゃから、ほいほい釣れるぞ。ただし、たいして美味いものではない。鯊は何と言うても、秋が深まったころの落ちがいちばんじゃ。脂が乗って美味いぞ」

「伯父上、鯊のおはなしは結構です。そろそろ、龍眼寺へやってきた理由をお教えくだされ」

「萩を観にきたのじゃ。のう、おつや」

「はい」

不意に声を掛けられても動じず、おつやはふわりと微笑んだ。

半四郎は、口をつんと尖らせた。

「ふてくされた顔をいたすな。花を愛でる余裕もない男は、おなごに嫌われるぞ」

「余計なお世話です」

半四郎は溜息を吐き、ふいに話題を変えた。

「仙三に聞きましたが、堀込彦十郎が行方をくらましたようですな」

「行方をくらましたのではない。旅立つのよ」

「旅立つ」

「ふむ、妻女を連れてなあ」

「何ですと」

三人は龍眼寺の門をくぐった。

面前には萩が咲きほころんでいる。

「どうじゃ、良い景色であろう」

「は」

見物人の流れに逆らうかのように、巡礼装束の男女が佇んでいた。

大柄の男は堀込彦十郎、女は芳恵であった。

ふたり揃って、ぺこりとあたまをさげる。

「伯父上、あれは」

「さよう、おぬしにも挨拶をしたいそうじゃ。それにしても、幸せそうな顔をしておる。のう、おつや」

「はい」

ふたりは亡くした幼子を回向すべく、下谷の常楽院《じょうらくいん》を皮切りに、与楽院《よらくいん》、無量寺《むりょうじ》、西福寺《さいふくじ》と六阿弥陀詣《ろくあみだもう》でをおこない、そののち、江戸をあとにする。

南へ帰る燕《つばめ》と逆しまに、ふたたび夫婦となった男女は陸奥へ旅立つのだ。

「南部の地か、津軽の地か、いずれにしろ、どちらかの生まれ故郷へ立ちもどり、再生を期すのじゃ」

「さようでしたか」

「おそらく、江戸の水は合わなんだのじゃろう」

「なるほど」

半四郎は弾むように歩み、はたと足を止めた。

波と見紛《みまご》うばかりにつらなる萩の狭間で、普賢菩薩のごとき美女が微笑んでいる。

「あ、雪乃どの」

半四郎は恥ずかしそうに俯き、耳まで真っ赤に染めた。

「勘違いいたすな。雪乃はおぬしではなく、このわしを待っておったのじゃ」

「伯父上を」

「さよう。あの娘、腰抜けよりも老耄が好きらしい、ぬほほ」

半兵衛は純情な甥っ子にむかって、毒気を吹きかけた。

夕映えの空を仰げば、雁《かり》が竿《さお》になって飛翔《ひしよう》してゆく。

「初雁じゃな」

江戸を去るものもあれば、やってくるものもある。

半兵衛は少しだけ、物悲しい気持ちになった。

木更津女《きさらづおんな》

一

九月寒露《かんろ》は夜長月《よながづき》、風流人は深まる秋の気配を肴に、陽のあるうちから燗酒《かんざけ》を舐める。風流とは縁遠いお調子者でも、この時季は何やら妙に淋しく、人恋しくなってくるものだ。

又七《またしち》は葦簀張《よしずば》りの呑み屋で床几《しょうぎ》に座り、沢庵《たくわん》を切る磯次郎《いそじろう》相手に管《くだ》を巻いていた。

「みてみねえ、この顔をよ」

「猫にでも引っ掻かれたのけえ」

「菜《な》っ葉《ぱ》売《う》りの嬶《かか》ァにやられたのさ、ざまあねえぜ」

額から両頬にかけて、蚯蚓腫《みみずば》れが三筋ずつできている。

「くく、間男でもやらかしたのけえ」

「莫迦《ばか》言っちゃいけねえ。相手は石臼《いしうす》みてえな大年増さ。分をわきまえねえ阿呆な亭主が音羽《おとわ》の遊女屋で散財したあげく、金がねえときやがった。遊女屋の艶っぽい花車《かしゃ》（女将）がな、ちょいと又さん、菜っ葉売りの家まで付いてって床代《とこだい》を貰ってきとくれよと頭をさげるもんだから、わざわざそこの青物町《あおものちょう》まで足労したってわけさ」

胡麻塩頭《ごましおあたま》の磯次郎は沢庵を皿に盛り、とんと突きだした。

「そいつは又さん、付《つ》け馬《うま》じゃねえか」

「へへ、そうだよ」

付け馬は妓楼や遊女屋に雇われた取りたて屋、嫌がる客の尻にくっついてゆくのが仕事なので、雇い主の花車が頭をさげるはずはない。

「筋は読めた。床代と聞いて鶏冠《とさか》に血をのぼらせた女房が、又さんのことを引っ掻いたってわけか」

「とんだとばっちりさ。自慢の顔が台無しよ」

又七は美人と評されるおまつの実弟だが、自慢するほどの面でもない。細い吊り目に胡坐《あぐら》をかいた鼻、姉譲りなのは白い餅肌《もちはだ》だけだ。にもかかわらず、顔ばかりか、尻のかたちまで他人に自慢し、口の臭いをいつも気にしている。

磯次郎は、声も出さずに笑った。

「又さん、んで、床代は貰えたのけえ」

「それがいけねえ。嬶ァめ、おいらを引っ掻いたうえによ、無い袖は振れぬときやがった。てなわけで取りっぱぐれましたと、この面さげて遊女屋にすごすご帰《けえ》ったら、首にされちまうのが落ちだ。良い思案も浮かばぬまま、親爺《おやじ》さんのとこへ流れついたってわけさ」

「そいつは嬉しいやら悲しいやら。どうせ、素寒貧《すかんぴん》なんだろう」

「うへへ、わかってんじゃねえか」

磯次郎の背中には、日本橋川が滔々《とうとう》と流れている。

ここは江戸橋の南詰め、蔵宿《くらやど》が軒にならぶ木更津河岸の一隅だ。

日没手前で客もおらず、磯次郎は暢気《のんき》な顔で又七のはなしを聞いている。

どのみち、取りっぱぐれはない。照降町に住むしっかり者のおまつが、季末《きまつ》になればいつも弟の呑み代を清算してくれた。そのことを知れば、又七が図に乗るので内緒にしてほしいと念押しされてはいるものの、磯次郎には弟を心配する姉の心情が痛いほどに伝わっていた。

「又さん、おめえ、いくつになったい」

「二十五か六……あれ、どっちか忘れたな」

「そうかい、もういい歳だな」

磯次郎は、又七のむかしを知っている。実家は日本橋呉服町《ごふくちょう》で糸屋を営む大店《おおだな》だった。苦労知らずの若旦那は、十代のころから廓通いにうつつを抜かし、帳場の金をつかいこんだあげくに勘当された。そして、勘当の解かれぬまま双親に死なれ、今日まで職を転々と変えてきた。

正月の宝船売りにはじまって、雛《ひな》売り苗《なえ》売り金魚売り、燈籠《とうろう》売りに虫売りに秋の七草売り、季節の物売りはもちろん、古金買いに古傘買い、貸本屋に蠟涙《ろうるい》あつめ、胡散臭《うさんくさ》い薬売りに左官の見習い、めずらしいところでは刻みたばこの賃粉《ちんこ》切りまで、ちょいと手をつけては職を変え、やれ儲からねえの疲れたのと言って長続きしたためしがない。

姉のおまつには「甘っちょろい表六玉《ひょうろくだま》」だの「箸にも棒にも掛からぬ役立たず」だのと詰《なじ》られ、姪《めい》のおすずにさえ小莫迦にされている。

当の本人は何を言われようがどこ吹く風、馬の耳に念仏とは又七のことだ。

とどのつまり、馬は馬でも遊女屋の付け馬に落ち、どうしてもと請われれば座敷で酔客を笑わす幇間芸《たいこげい》もやるという。年はまだ若いものの、まさに「幇間あげての末の幇間」という言いまわしがぴったりの転落人生であった。

「又さんとも長《なげ》え付き合いになった。おぼえてるけえ、おめえさんがはじめて店に顔を出したときのこと」

「忘れるわけがねえや」

霜月晦日《しもつきみそか》、身を切るような凩《こがらし》が吹く晩だった。

腹を空かして震える又七に、磯次郎は黙って卵粥《たまごがゆ》と熱燗を出してくれた。

「他人様の親切が身に沁みた。ちったあ江戸でがんばってみよう、まともに働いてやろうって、そんな気にさせてくれたなあ、親爺さんだよ。でも、なぜだい、なぜあんとき、親切にしてくれたんだい」

「潮の香りがしたからよ」

「潮の香り」

「言ったろう。おれはむかし上総《かずさ》は姉崎《あねがさき》の漁師だった。潮の香りにゃ敏感なのさ」

その日、又七は勘当先の木更津から船で戻ってきたばかりだった。船賃以外にも多少の路銀を携えていたのだが、船倉で居眠りしているあいだに胴巻《どうまき》ごと盗まれてしまった。途方に暮れながら木更津河岸を彷徨《うろつ》きまわり、疲れきって仕方なく足を踏みいれたのが、磯次郎の店であった。

「あとで聞いたら、おめえさんはこう言った。おとっつぁんのときはだめだったから、せめて、おっかさんの死に目には立ちあいてえ。そのために木更津の網元んとこをおんでてきたんだってなあ」

「うん、うん」

又七はさして強くもない酒をたてつづけに呷《あお》り、真っ赤な顔で眸子《まなこ》を潤ませる。

「木更津に送られて丸三年、おめえさんにとっちゃ久方ぶりのお江戸よ。素面《しらふ》じゃ実家《け》へ帰えれねえからと、無理酒を喰《くら》っていたっけ」

「ところがよ……ぐすっ、おいらはおっかさんの死に目にも立ちあえなかった。ちくしょう、親爺さん、注いでくれ」

「ほれよ」

又七は注がれた盃を呷り、床几にこぼれた酒の滴《しずく》を指でなぞった。

「おいらは世間を舐めきってた。若旦那とちやほやされていい気になっていたんだ。改心して孝行しようとおもったとき、親はもうこの世にいなかった。おっかさんが最期までおいらの行く末を案じていたと聞き、涙がぽろぽろこぼれてきやがった」

「姉さんに、こっぴどく叱られたんだろう」

「何発もぶたれたさ。でも、ぜんぜん痛かねえんだ。頬が腫れるまでぶたれてもよ……くそっ」

　土手に吹きあげる川風が、嬶ァに引っ掻かれた傷口に滲《し》みた。

「おとっつぁんは無類のお人好し、困った連中が寄ってくりゃ出世払いで金を貸してやった。そのかわし、息子のおいらにゃ鬼のように厳しかった」

「そいつが親の愛情ってもんさ」

「ともかく、おとっつぁんはお人好しの性分が祟《たた》って、身代までかたむけちまった」

　そうしたさなか、折悪しくも強盗に押しこまれた。金蔵をごっそりやられて店は潰れ、心労で床に臥した両親は相次いで亡くなった。

　耳に胼胝《たこ》ができるほど聞いたはなしだが、磯次郎はじっくり頷いてみせる。

「又さん、せつねえなあ」

「悪夢さ。姉さんにゃよく言われる。おいらは後生楽《ごしょうらく》なおとっつぁんの血をひいちまったんだってな。いつまでたっても腰が落ちつかねえ。もういいかげん、どうにかしろって」

「どうにかする気はあんのけえ」

「ある、おいらは姉さんに褒めてもらいてえ」

「可愛い嫁でも連れていきゃ、褒めてくれるさ」

「可愛い嫁か、そんなもの……」

無理だなと言いかけ、又七は川面に溶けゆく夕陽に目をむけた。

日本橋のまんなかに立てば、甍《いらか》を燃やす千代田城と赤富士がくっきりみえる。いつもの又七なら駈けだして拝みにゆくのだが、今日はどうも気分が乗らぬ。

次第に町の色は曖昧《あいまい》になり、河岸を行き交う人々の顔が薄闇に没していった。たそやかれかのゆうまぐれ、人が時の裂け目に落ちるのはまさにこのときだ。

長大な江戸橋のむこうから、糸遊《かげろう》のように揺れながら、道具箱を抱えた女の影が近づいてくる。

「髪結いか」

又七がこぼすと、磯次郎が応じた。

「ありゃ、おはまだな」

「おはま」

「木更津女よ」

磯次郎は自慢げに言い、胸を張った。

木更津女といえば、たいていは女髪結いをさす。

「気性は激しいが情は深《ふけ》え。おまけに後腐れがねえってのが木更津女さ」

又七にもわかっている。髪結いの女たちは、生きぬくために春を売るのだ。

が、誰とでも寝るというわけではない。

木更津の女たちは、淋しさを抱えた男と寝る。

母親のように慈《いつく》しみ、心の傷を癒してくれるという。

「ふと、立ちよりたくなる湊《みなと》のようなもんさ。おはまについちゃ、おれも詳しいことは知らねえ。年はたしか二十四、五じゃねえかなあ。色は浅黒いが、なかなかの別嬪《べっぴん》さ。髪結いの腕前はたしかだし、気性も明るい。今のおめえさんにゃ、ちょうどいいかもしれねえなあ。きっと話し相手になってくれるぜ」

おはまは橋のうえで立ちどまり、物憂《ものう》げな様子で欄干《らんかん》に寄りかかった。

誰かを待っているのか、それとも誘っているのか。

又七は顎を突きだし、おはまをじっとみつめた。

「ほれ、又さん」

磯次郎は床几に一朱金を置き、にやっと笑った。

「もっていきな」

「いいのかい、親爺さん」

「仕方ねえさ。ただし、わかっちゃいるとおもうが」

「ん、なんでえ」

「木更津女にゃ惚れちゃいけねえよ」

「ふん、誰が惚れるかい」

又七は一朱金を摘みあげ、後ろもみずに外へ飛びだした。

二

木更津女に本気で惚れちまったら大怪我をする。

それは勘当先でもよく聞かされたはなしだった。

理由は女たちの多くが所帯をもっているからだ。

夫は刺青《ほりもの》を背負った舸子《かこ》である。それもただの舸子たちではない。時は大坂冬の陣、徳川《とくがわ》水軍の傘下にあって華々しい戦功のあった艀子たちの子孫なのだ。それが証拠に、神君家康《しんくんいえやす》公より獅子頭《ししがしら》雌雄一対《しゆういっつい》と航路の運営権ならびに上総、安房《あわ》一円で収穫される年貢米の廻送権、さらには、江戸橋南詰めにおける木更津河岸の特設権まで与えられた。よほどの戦功だったにちがいない。

木更津の艀子たちには並々ならぬ矜持《きょうじ》がある。

しかし、そのわりには、儒教で教える貞操《ていそう》観念が希薄な面も否《いな》めなかった。どのような手段であれ、妻たちが江戸で稼いできてくれさえすれば、男たちは文句を言わない。たとえ春を売ろうとも、稼ぎのためなら黙認する。いや、むしろ、女たちのほうが男たちに文句を言わせない。木更津の女には、吉原遊女の意気地や張りにも通じる意地のようなものがあった。

おはまは欄干に寄りかかり、じっと川岸をみつめている。

又七は橋の手前で足を止め、遠くからおはまの眼差しをたどった。

深く剔《え》ぐれた澪《みお》に、三百石積みの帆船が何艘か繋がれていた。

「木更津船か」

五大力船《ごだいりきぶね》ともいう。

五大力菩薩《ぼさつ》にあやかった名で、重い荷を運ぶところから付けられた呼称だ。

海川両用のために船形は細長く、喫水《きっすい》も浅い。江戸と木更津とを結ぶ海路十三里を往来し、五井《ごい》、姉崎、青柳《あおやぎ》、今津《いまづ》などの湊からも海産物を輸送する。あるいは、房総半島の内陸から馬背で運ばれた年貢米や薪炭《しんたん》なども船に積みかえられ、各湊から木更津河岸へ輸送されてくる。

一方、戻り船には大豆《だいず》、小豆《あずき》、鰹節《かつおぶし》、醤油《しょうゆ》、酒、肥料などが積みこまれ、二百文払えば人も乗せてくれる。上総や安房ばかりではなく、成田山《なりたさん》への参詣客や講の借り切りも多くみられ、双方の川岸には旅人に便利な旅店もある。

又七もかつて、木更津河岸から船に乗った。

行楽ではない。勘当先へむかう失意の旅だ。

引き潮になると澪から出られなくなるため、船はたいてい夜明け前に纜《ともづな》を解く。

川筋では帆を張らず、船頭は棹と櫂《かい》を使う。日本橋川をくだって鉄砲洲のさきから江戸湾へ躍りだし、沖合いでようやく帆柱をたてる。錨綱《いかりづな》を引きあげ、大柱に雄々しく帆を張り、曙光《しょこう》を浴びながらまっすぐ、湾を突っきるのだ。

良風ならば、二刻（四時間）ほどで木更津へ到達する。

風によっては、丸一日かかることもあった。

すべては風まかせ、それが房総から江戸へ出てきた者の生き方なのだと、又七は聞いたことがある。

考えてみれば、自分の生き方もおなじようなものだ。

おはまの横顔は、風に揺れる野草のように悲しげだった。

澪標《みおつくし》に繋がれた五大力船のひとつに、愛《いと》しい夫でも乗っているのか。

どうやら、船は空船のようだ。荷積みが済めば、艀子たちは岡場所へ繰りだす。ひょっとすると、おはまは遊女屋へしけこむ夫に悋気《りんき》を抱いているのではあるまいか。

得手勝手《えてかって》に想像をめぐらせつつも、なかなか足はまえへ出ていかない。

「やめとくか」

又七は、踵を返しかけた。

そのとき、おはまが振りむいた。

目と目が合う。

吸いよせられるように、近づいてゆく。

屈託《くったく》のない笑みに迎えられ、又七はひらりと手をあげる。

「よう、姐《ねえ》さん、ひとつ結《ゆ》ってくんねえか」

鯔背《いなせ》を気取り、用意していた台詞《せりふ》を吐いた。

おはまは返事をするまえに、ぷっと吹きだす。

「なにが可笑《おか》しい」

「だって、顔に引っ掻かれた傷痕が」

忘れていた。気取って通用する面ではなかった。

「いったいぜんたい、どうしなすったんです」

「こいつか、へへ、ふるいはなしで忘れちまったぜ」

「あら、古傷にはみえませんけど。もしかしたら、良いおひとを怒らせちまったとか」

「ん、ま、まあな、そんなところだ」

「羨《うらや》ましい。そのお方は引っ掻きたくなるほど、おにいさんを好いているんですよう」

「そうでもねえとおもうがな。ま、そんなことより、髷を結いなおしてくれ」

「お安い御用ですよ。さ、あちらへ」

おはまはさきに立ち、内股で尻を振りながら歩みはじめた。

かたちの良い尻にみとれながら、江戸橋を渡って南詰めにもどる。

蔵屋敷が整然と並ぶ木更津河岸には海産物問屋も建ちならび、河岸と町屋を分かつ大路の両側は水茶屋や床店でびっしり埋めつくされている。

おはまは横丁へひょいと曲がり、火の見櫓《ひのみやぐら》を仰ぎみた。

そして、櫓のそばにある楊弓場《ようきゅうば》の暖簾《のれん》をくぐりぬけた。

「ごめんくださいまし。女将さん、ちょいとお二階をお借りしますよ」

貝髷《ばいまげ》の肥えた女将が顎を引き、黙ってうえを指差した。

日頃から使い慣れているのだろう。それにしても、楊弓屋の二階といえば、男と女がしけこむ場所と相場はきまっている。

又七はしゃっちょこばってしまい、ぎこちない様子で急階段を登りきった。

「うぶな蛸助《たこすけ》だよ、うひひ」

女将の笑い声が聞こえてきた。

おはまは気にも掛けず、道具箱を置く。

行燈の灯を点け、鏡台の位置をなおす。

部屋は四畳半で二方向に窓が穿《うが》たれ、隅に蒲団がたたんであった。

「さ、そこにお座りくださいな」

「お、おう」

命じられた場所に座ると、おはまは手際よく襷掛《たすきが》けをしてみせた。

きりっとした仕事師の顔つきで、小鼻をぷっと膨らます。

鬢付《びんつ》け油が匂いたち、あたまが少しくらくらしてきた。

「それじゃ、失礼しますよ」

おはまは又七の元結《もつと》いをぷつっと切り、丁寧に髪を梳《す》きはじめた。

そうかとおもえば、櫛《くし》をひっくり返し、尖ったほうで雲脂《ふけ》を掻きおとしてゆく。

あまりの気持ち良さに、おもわず声をあげそうになった。

「おにいさんは、何をなさっているおひと」

ふいに聞かれ、又七は鯉《こい》のように口をもごつかす。

その仕種《しぐさ》が可笑しいのか、おはまはくすっとまた笑った。

「おめえ、笑うと可愛いな」

そんな台詞が、自然に口を突いて出た。

おはまは髪を梳く手を止め、鏡に映った又七を睨みつける。

「色が黒いってよく言われますよ。別に気にしちゃいないけど、おにいさんもそうおもわれるでしょ」

「肌の色なんざ、どうだっていい」

と、嘘を吐く。

「へえ、それなら、おにいさんが気になるのはどこです」

「そうだな、強《し》いて言やあ、目かな。おらあよ、団栗《どんぐり》みてえにくりくりした目が好きなんだ……あれ、おめえがそうだ。団栗みてえな目をしてるじゃねえか、へへえ、気づかなかったぜ」

「大きい目は嫌われるんですよ。心の底まで見透かされてるみたいだって」

「んなことはねえさ」

「あとはどこです。目のほかは」

「そうだな、うん、胡坐を掻いた鼻はいけねえ。どれどれ、おめえはでえじょぶだな。鼻筋は細くて、鼻の穴は蓮《はす》の穴みてえだ」

「いやだ、妙なところをみないでおくれよ」

「おめえが聞くからじゃねえか。でもよ、顔なんざどうだっていいんだ。おらあよ、気性が明るくてこざっぱりした女が好きなのさ」

「ここの女将さん、おこんさんって仰いますけど、そりゃ明るくてこざっぱりしたおひとですよ」

「そいつだけは勘弁だぜ、ありゃおめえ、箍《たが》の外れた玄蕃桶《げんばおけ》みてえな大年増じゃねえか」

「女将さんに失礼ですよ。おにいさん、何だかんだ言っても、やっぱし顔できめるんじゃないのかい」

「そりゃおめえ、ちったあ気になるさ。ま、女将のことなんざ、どうだっていい。おめえのことを教えてくれや」

「わたしの何を知りたいんです」

おはまは艶《なま》めいた口調で言い、鏡のなかを覗きこんでくる。

又七は咽喉《のど》の渇きをおぼえた。

「おめえ、名は」

「はまっていいます」

「亭主は、いるのかい」

「いましたけど、別れちまいましたよ」

「げっ」

「何で驚くの」

「いや、何でもねえ。つづけてくれ」

「生まれつき、男運が悪うござんしてね。まず、おとっつぁんてえのが、だらしのない男で、わたしがまだ年端もいかないころ、女をつくって逃げちまったんですよ」

「おっかさんは」

「十二で死なれ、妹とふたりで親戚に引きとられました」

親戚は貧しい漁師で、幼い姉妹は馬車馬なみにこきつかわれた。岡場所へ売られないだけましだったと聞き、又七はしんみりしてしまった。

「おめえ、木更津から来たんだろう」

「よくおわかりですね」

「潮の香りでわかるんだ」

「へえ、おにいさん、おもしろいことを仰る。だったら、木更津っていう名の由来はご存じですか」

「いいや、知らねえなあ」

「大和武尊《やまとたけるのみこと》がね」

「え、誰だって」

「大和武尊ですよ。神剣でこの国をお鎮めになったお偉いお方」

「おう、そうだった。で、そいつがどうしたって」

「颱風《たいふう》に遭って、お姫さまを亡くしたんですよ。それでね、大和武尊はお姫さまの亡くなった地を去りがたく、悲嘆に暮れながら数日を過ごしたんだそうです」

ゆえに、ひとびとはその地を「君不去《きみさらず》」と呼んだ。

「ふうん、きみさらずがきさらづになったわけか」

「ええ、だから、木更津者は男も女もほんとうは未練がましいんですよ」

「そいつは、どういうこったい」

「殿方にいちど惚れたら、とことん惚れるってことです。ねえ、おにいさんにはその意味がおわかりですか」

おはまは髪に顔を近づけ、細長い指と白い歯を使って元結いを縛りつける。

大蛇にでも巻きつかれたかのように、又七は硬直した。

三

髪を結いおえても、おはまは金銭を要求しない。

又七はさきほどから、床代を聞きそびれていた。

廓遊びならお手のものだし、岡場所にだって幾度となく足をはこんだことはあ

る。尻の青い若僧でもあるまいに、線香一本ぶんでいくらだと、あっさり尋ねれ

ばよいものを、うまくことばが出てこない。

こうした経験はないわけでもなかった。

最初に声を掛けそびれると、尋ねる機会を逸してしまう。

たぶん、相手を強く意識しているせいだろう。一夜かぎりの敵娼《あいかた》ではなしに、
末永く付き合いたいなどと、叶いそうにないことを望んでいるからだ。

「ねえ、お願いがあるんです」

居心地の悪い静寂を破ったのは、おはまのほうだった。

「ど、どうした」

舌がもつれてしまう。

おはまは笑いもせず、そっと手を握ってきた。

心ノ臓がどきんとし、又七は細い目を見開いた。

あたまのなかは真っ白だ。今ならどんな面倒事を頼まれても、ぽんと胸を叩く
自信はある。

「金か……か、金に困っているのか」

声をひっくり返すと、おはまはぎゅっと手をつかんだ。

「いくらだ……い、いくらいる」

「十両」

と聞き、又七の肩から力が抜けた。

やっぱり、金か。

「おにいさんに訊かれたから応《こた》えただけよ。十両なんて大金、お借りできるわけがないもの」

「そいつはおめえ、おれをみくびってるってことじゃねえのか」

「ごめんなさい」

「なにも謝ることたねえさ。当てはあるんだ。たかが、十両ぽっちの金じゃねえか」

用意できる算段もないのに、又七は強がってみせた。

その場しのぎで生きてきた習性のようなものだろう。

「おにいさん……あの、お名をお聞きしてもよろしいですか」

「又七さ、みたとおりの半端者だが、女に嘘を吐いたことはいちどもねえ。こんちくしょうめ、十両ごときでびくつくこたあねえんだ。おいらはきめたぞ、おめえに十両貸してやる」

「又七さん」

「おはま」

行燈の炎が揺れ、ふたりはしっかと抱きしめあう。

まるで、そこいらの寺の境内で興行している小芝居のようだ。

又七は女の温もりを感じながら、天にも昇るような気分でいた。

このまま死んじまってもいい、おいらはおめえのためなら何だってやる、やってやるぜいと、胸の裡で叫んでみる。

おはまは膝を斜めにくずし、胸にしなだれかかってきた。

「おにいさんは良いひとだから、事情をおはなしいたします。患っている妹のためなんですよ」

「妹の」

「じつは、労咳《ろうがい》を患っております」

「労咳にゃ人参《にんじん》だな」

「はい。でも、おいそれと買えるお品ではありませんし」

「そりゃそうだが、おいらは薬屋に知りあいがいる。何なら、安く仕入れてやるぜ」

「いいえ、ちがうんです」

「なにがちがう」

「人参はございます。とあるお方から譲っていただきました」

「ほう、それで」

「そのお方にお金を支払わねばなりません」

「それが十両か」

「はい、明々後日《やのあさって》の日没までに支払うことができなければ、わたしは岡場所へ売られます」

「げっ」

「わたしが売られるだけなら、それはそれで構わない。でも、ひとりのこされた妹のことをおもうと……か、可愛い妹の面倒は、誰がみるっていうんです……う、うう」

おはまは、袖で目頭を押さえた。

「わかる、うん、わかるぜえ。おめえの言ってることは、ようくわかる」

きつく抱きしめようとする又七から、おはまはすっと逃れた。

乱れた襟を搔きよせ、ほつれ髪を直しながら長い睫毛《まつげ》を瞬《しばたた》く。

「ごめんなさい。やっぱりこんなこと、お願いできません」

「へ、何で」

「わたし、どうかしてたんです。見ず知らずのお方に、お金を貸してくれだなんて」

「ほかに頼る者もいねえんだろう」

「はい」

「だったら、水臭えことは言いっこなしだぜ」

「でも」

「明々後日の八つ刻（午後二時）、ここでまた落ちあおうじゃねえか。なあ、そんときまでにゃ十両こさえてくっからよ」

「又七さん」

「何にも言うんじゃねえ。おいらにまかせておけって」

又七はがばっと立ちあがり、大股で階段口へむかった。

「じゃあな、待ってろよ」

「は……はい」

階段を降りると、おこんが宙吊りになった太鼓《たいこ》の横で鼾《いびき》を掻いていた。

弓を引く客もいない。

外へ出るとすっかり暗くなっており、川風が冷たく感じられた。

なにはともあれ、金をつくらねばならない。

金を借りられそうなところはないか、又七はおもいうかべてみた。

まず、まっさきに浮かんだ顔は居酒屋の磯次郎だが、すでに一朱借りている。いつもただ酒を喫っているのでツケもたまっていようし、そもそも、余分な小金を貯めている親爺にはみえない。

なにせ、十両といえば大金だ。容易に借りられる金額ではないし、盗んで捕まれば首が飛ぶ。

つぎに、おまつの顔を浮かべた。

おまつの才覚からすれば、十両くらいは借りてこられそうな気もする。

だが、事情をはなして頼んでも、首を縦に振るわけがない。さんざ悪態を吐かれ、詰られたあげく、気が滅入《めい》ってしまうだけだろう。

「だめだな」

義兄の三左衛門に相談しても埒《らち》は明かない。金には縁のない男だ。

肉親と知人が無理だとすると、足を棒にして江戸じゅうの質屋と高利貸《こうりが》しを歩きまわらねばならなくなる。それでも、貸してくれるところは、まず、みつかるまい。だいいち、十両に見合う質草もなければ、請人になってくれそうな者もいない。命と交換に貸してくれる闇金というのがあるらしいが、いざとなると命を捨てる度胸はなかった。

「いっそのこと……」

又七は、辻の暗がりへ歩をすすめた。

弱そうな通行人を襲い、金を盗《と》ろうとおもったのだ。

どう考えても、それ以外に方法はない。

又七は手拭いで頬被《ほっかむ》りをし、着物の裾を帯に絡《から》げた。

自慢の尻をぺしっと叩き、鼻を摘まれてもわからぬほどの暗闇へ一歩踏みこむ。

刹那《せつな》、人の気配が蠢《うごめ》いた。

「ぬわっ」

「うひぇっ」

驚いた声がかさなり、誰かの額がごんと鼻面にぶつかってくる。

又七は地べたに尻餅をつき、鼻血の垂れた顔で目をあげた。

むさ苦しい髭面の浪人が、膝に手を当てて覗きこんでいる。

「大丈夫か」

と、声を掛けられた。

気が弱そうな狸顔《たぬきがお》の四十男だ。

着物は襤褸《ぼろ》一枚、目尻や首筋に垢がたまっている。

帯に大小を差してはいるが、おおかた竹光であろう。

又七は強気に出た。

「痛えじゃねえか、気をつけろい」

「済まぬ、許してくれ」

浪人は素直に謝り、右手を差しのべた。

手につかまって立ちあがった途端、朗々《ろうろう》と名乗りだす。

「わしは上州浪人、大石虎之進《おおいしとらのしん》」

「へえ、上州か、そいつは奇遇だな。おいらの双親も上州の出さあ」

「これも何かの縁だ。おぬし、名は」

「又七」

「頬被りなぞしおって、おぬしもあれか」

「あれって」

「あれはあれだ」

「ひょっとして、おめえさんもあれを」

「ふむ、まあな」

「お仲間ってわけかい」

「ふむ、ひとりより、ふたりのほうが心強いぞ」

「そりゃまあそうだが」

「おぬし、いくらある」

「え」

「小粒の一枚くらい、もっておろう」

「もってたら、どうするってんでえ」

「何か食わぬか、わしは三日も食っておらぬでな、あれをやるにも力が出ぬのだわ」

「おいらに、たかる気か」

「同郷ではないか、固いことを抜かすな」

「親は上州者だが、おいらは江戸者だぜ。上州なんざ、行ったこともねえや」

「江戸者ってのは気前が良いと聞いたぞ。宵越しの金をもたぬのであろう」

「ふん、あたりめえよ」

「なれば、行こう。むこうの辻に担ぎ屋台がおった」

強引だが憎めない男だ。侍なのに偉ぶらないところがいい。

「ま、しゃあねえか」

又七は頬被りを取り、鬢付け油をぷんぷんさせながら歩みはじめた。

四

大石虎之進は屋台で十六文の掛け蕎麦《そば》を注文し、ものも言わずにつるつる啜りつづけ、汁すら一滴ものこさず、あっという間に十杯をたいらげた。ついでに銚釐の酒を五、六合呑んだあと、さも満足げに微笑みながら「ぐえっ」と、げっぷをする。

虎の子の一朱が、これで消えた。

「やっと人心地がついたぞ。又七、おぬしには借りができたな」

「いいさ、てえしたこっちゃねえ」

「借りは返さねばならぬ。それがわしの信条だ」

「へえ、さっそく返《けえ》してくれんのか」

「まあ聞け。うまいはなしがある」

眉をひそめる又七に構わず、大石はつづける。

「芝《しば》の切通坂《きりどおしざか》に玉屋仁平次《たまやにへいじ》と申す損料屋《そんりようや》がおってな、こやつめ、穴っ端《あなっぱた》へ腰を掛けたような耄碌爺《もうろくじじい》なのだが、小金をずいぶん貯めこんでおるらしい。女房も子供もおらぬ。三日にいっぺん、おさじという賄《まかな》い婆が通ってくるだけだ」

どうやら、損料屋に押しこもうという腹らしい。

「辻強盗なぞつまらぬ。男ならもっとでかい獲物を狙わぬとな。ふはは」

大笑する髭面の隣で、又七は苦虫を嚙みつぶしたような顔をつくった。

「どうした。おぬし、金が欲しいのであろう」

「そりゃ欲しいいさ」

「だったら、腹を決めろ」

「ちと聞いてもいいかい」

「おう、何でも聞け」

「どうして、おいらを誘うのさ。穴端へ腰を掛けたような耄碌爺なら、おめえさんひとりで何とかなりそうなもんだろう」

「わしひとりでは怪しまれる。よいか、おぬしがまず坊主に化け、客のふりをして店の様子を窺うのだ。ぐふっ、芝切通の岡場所と申せば、客の大半は増上寺《ぞうじょうじ》周辺の生臭坊主どもと相場は決まっておろうが」

僧侶の女郎買いは、仏教の戒律でもお上の御法度《ごはっと》でも厳しく禁じられている。そこで、僧侶たちは損料屋で町人や侍に変装してから岡場所へむかう。いわば、苦肉の策であったが、お上もこれを知っていながら黙認しており、よほどのことでもないかぎり捕縛されない。

古着を貸すのが商売の損料屋も、儲けのほとんどは坊主からもたらされるものだ。

「坊主の金というのは、要するに賽銭《さいせん》であろう。信心深い貧乏人どもが血を流すおもいで献じた金ではないか。それをわかっていながら玉屋は儲けておる。罰《ばち》が当たっても文句は言えまい」

「ちょいと待ってくれ。坊主に化けるってことは、あたまを剃《そ》るってことじゃねえのか」

「まあ、そうなるな」

「冗談じゃねえ、髷が自慢の又七さまだぜ。こいつを無くしちまったら恥ずかしくって歩けねえや」

「やはりだめか。詮方《せんかた》あるまい」

大石は、右手をすっと刀の鍔《つば》に置いた。

「うへっ」

又七は屋台から飛びだし、這うように逃げだす。

「待て、誤解いたすな」

呼びとめられ、恐る恐る振りかえった。

大石が右手に握った刀を翳してみせる。

「ほれ、竹光だ、竹光。こいつを抜こうとしたわけではない。腹が痒《かゆ》いので掻こうとおもっただけだ」

「どっちにしろ、損料屋のはなしにゃ乗れねえぜ」

「よし、わしがあたまを剃ろう」

「え、おめえさんが」

「さよう、背に腹はかえられぬ。毛は剃っても、また生えてくるからな」

又七は大石の毛を剃らねばならなくなった。

屋台の親爺に剃刀《かみそり》を借り、軒行燈の光が届く川端に行く。

「よし、このあたりでよかろう」

大石は地べたに胡坐を掻き、腕組みで瞑目《めいもく》した。

「遠慮いたすな、ばっさりやってくれい」

「へ」

又七は少し厳粛な気持ちになった。それでも、藁束《わらたば》をつかむ要領で髪の毛を握り、えいやとばかりに根元を刈りとる。

「むっ……ちと痛いな」

「すまねえ、剛毛なもんでうまく刈れねえんだ」

「焦ることはない、ゆっくりやれ」

「へ」

藁束を三本ほど刈ると、要領がわかってきた。

髷だけは残して周囲を刈ったので、毬栗頭《いがぐりあたま》に髷だけが淋しく載っている。

「慎重に切るのだぞ、髷はだいじに取っておかねばならぬ」

「何に使うんです」

「田舎の親戚どもに送りつけてやるのよ。大石虎之進は旅の途上で病に倒れ、儚《はかな》くも四十二年の生涯を終えた。ついては、江戸にて世話になった方々に手厚く葬《ほうむ》ってもらうため、香典《こうでん》を頂戴したいとな」

髷と引き換えに送金させるという。

「この手はいちどしか使えぬ。ふふ、奥の手というやつだ」

「せこい策を考えつくもんだな」

「あたまは使いようさ」

又七は髷を切り、手拭いに包んで手渡した。

あとは刈りのこした毛を、端から剃ってゆけばよい。

しかし、馴れていない者にはこれがけっこう難しい。

「痛っ、莫迦者、刃を立てるな、皮を鞣《なめ》す要領で滑らせるのだ……痛っ」

結局、剃るには剃ったが、大石の坊主頭は生傷だらけになった。

「まあよい。この程度でおさまれば、よしとせねばなるまい」

禿頭《はげあたま》にしてみると、頭のかたちがいびつであることが一目瞭然《いちもくりようぜん》となった。

額も狭く、猫の額のようだ。

大石は親爺に盥《たらい》を借りて水を張り、顔を映しながら自分で頬髭を剃った。

顔を避けると、水に半月が映った。

「掬《すく》うとも掬えぬものは秋の月、わが身もおなじ流浪の旅路」

大石は傷ついた坊主頭をかたむけ、一句捻ってみせる。

「どうじゃ、風雅なものであろう」

又七も水の月を覗き、首を捻った。

「あたまを剃ったあとで言うのも何だけど、衣《ころも》はどうする。薄汚え継《つ》ぎ接《は》ぎを着ているようじゃ、坊主にゃみえねえぜ」

「ふむ、そのとおりだ。おぬし、ひとあしさきに行って盗んでこい」

「盗むって何を」

「袈裟衣《けさごろも》にきまっておろう。損料屋に行けばいくらでもある」

「そいつはうまくねえ。袈裟衣が盗まれたと気づけば、相手も警戒する」

「ならば、どこぞの寺へ忍んで坊主の身ぐるみを剝いでやるか。ふむ、そうしよう、なるたけ偉そうなのがいい。黄蘗《きわだ》染めか鬱金《うこん》染めの豪華なやつにしよう」

「芝は寺町、よりどりみどりさ」

「よし、参ろうぞ」

「え、今からかい」

「あたりまえだ。衣を盗んだらその足で玉屋へむかう。町木戸の閉まる亥《い》ノ刻（午後十時）までに着けば何とかなるだろう」

大石は頬髭の無いこざっぱりした顔で言う。

ふたりは連れだって、東海道《とうかいどう》を南にたどりはじめた。

黒髪をてからせた若僧と怪しげな願人坊主《がんにんぼうず》、どう眺めても風変わりな取りあわせにしかみえない。

ふたりは駈けるように東海道をすすんだ。

南伝馬町《みなみてんまちょう》を突っきり、京橋《きょうばし》から芝口橋《しばぐちばし》へ、露月町《ろげつちょう》、宇田川町《うだがわちょう》と過ぎ、神明町《しんめいちょう》にいたる。

芝神明社にむかって右手は愛宕下《あたごした》の大名屋敷町、正面には増上寺を中心にして寺院群が甍をつらねている。

寺社の杜《もり》は鬱蒼《うつそう》とした山陰のごとく、頭上へ覆いかぶさってきた。

ふたりは大門《だいもん》を潜り、増上寺の山門にいたる参道を歩みはじめた。

五つ半（午後九時）をまわったというのに、参拝客の提灯《ちょうちん》が点々とみえる。

「こっちだ」

大石は右手の小径《こみち》に曲がった。

そのさきに山門があり、古びた本堂が建っている。

参拝客は誰もおらず、寺小姓のすがたもみえない。

寺院ならいくらでもあるというのに、なぜ、よりによってこんな侘《わ》びた寺を選ぶのか。

又七は理解できず、溜息を吐いた。

賽銭箱のうえを見上げると、扁額《へんがく》に野太い文字で寺の名が書いてある。

「読んでみろ」

と、大石が言った。

「かいうんじ……開運寺か」

「な、わかったろう」

大石は乱杭歯《らんぐいば》を剝き、にっこり笑った。

五

開運という寺の名にあやかって忍びこみ、誰にもみつからずに本堂を抜け、幸運にも住職の部屋までたどりついた。

障子の隙間から、燭台《しょくだい》の灯りが洩れている。

大石が躊躇《ためら》っていると、障子越しに声が聞こえてきた。

「おはいりなされ」

凛《りん》とした声音に、又七は縮みあがった。

大石は立て膝になり、すっと障子を開ける。

障子を後ろ手に閉め、又七ともども畳に正座した。

住職は書見台《しょけんだい》のまえに座り、書から目を離さない。

「真空不空《しんくうふくう》、真空は空ならず。おわかりか」

やにわに問いかけられ、大石はよどみなく応じてみせた。

「真空とは心、世の無常を知る心なり」

「されば、無常を知ってなんとする」

「人欲《にんよく》を捨て、ひたすら修行をかさねれば悟りの境地も拓《ひら》けよう」

「ふむ」

住職はつるんとした剥き卵のような顔をかたむけ、にっこり笑う。

ふたりの禅問答は、又七にはまったくわからない。

大石が静かに発した。

「真空不空とは明国《みんこく》の仏書である菜根譚《さいこんたん》の一節、されどご住職、今の拙者には無用の教えなり」

「ほほう、なぜ」

「空は食う、腹がくうくう鳴るのくう。世の無常を知るには、腹が空きすぎておる」

「出家ではござらぬようじゃの」

「いかにも、諸国流浪の痩せ浪人にござる」

「それにしても、菜根譚を学んでおられるとは驚きじゃ」

「嗜《たしな》みにござる。されど今、書は手許にない。みな売った、二束三文《にそくさんもん》でのう」

「なんと罰当たりな」

「書を売って一日の糧《かて》を得る、それが罰当たりなものか。堕《お》ちるところまで堕ちても、なお、生きぬこうとする。それこそが人間本然のあるべきすがたよ」

「ふうむ、して、何がのぞみじゃ」

「のぞみはひとつ、ご住職が纏《まと》いし黄檗の衣、それが欲しい」

「このようなものが」

「悠長に問答しておる暇はない。又七、ひんむけ」

「ほいきた」

「待て」

住職は静かに立ち、みずから衣を脱いだ。

これを又七が貰いうけ、大石にうやうやしく手渡す。

薄汚い禿頭の男が、何やら大きくみえた。

ふたりは部屋を去り、何事もなかったように本堂をあとにした。

山門や町木戸の閉まる亥ノ刻はちかい。

心もとない月明かりを頼って、北西の涅槃門《ねはんもん》へ急ぐ。

涅槃門を出るとそこは切通坂のてっぺん、大きな爪で剔《えぐ》ったような道が奈落《ならく》の底までつづいている。夜はひっそり閑《かん》としているものの、葦簀掛けの食いもの屋や見世物小屋が建ちならび、淫靡《いんび》な雰囲気を醸《かも》す棟割長屋には白塗りの娼婦たちが垣間見《かいまみ》えた。

道の途中には青龍寺《せいりゅうじ》があり、崖下には時の鐘を鳴らす青松寺《せいしょうじ》がある。青松寺のさきから堀を越えれば、整然と区割りされた愛宕下の大名屋敷町へ出られた。

周囲は漆黒《しっこく》の闇、人の気配もない。

玉屋仁平次の店は、青龍寺のそばにあった。

損料屋の看板を掲げてはいるが、生臭坊主どもにとってはここが濡れ床へ通じる入口となる。

黄檗の衣を纏った大石虎之進は、偉そうな出家にみえた。

「これなら怪しまれまい」

「まったくで」

又七の役まわりは、遠国《おんごく》から訪れた出家を案内する「もさ引き」である。あとはすべて、大石の裁量にまかせておけばよい。脅《おど》したり賺《すか》したりしながら、損料屋から金をふんだくるのだ。

「参るぞ」

「へい」

又七は、数歩すすんで板戸を敲《たた》いた。

しばらく待ったが、返事はない。

「おかしいな、もういっぺん敲いてみろ」

さきほどより強く敲いたが、やはり、返事はない。

ふたりは裏手へまわった。

勝手口が開いている。

「無用心だな」

大石はつぶやき、みずから提灯を掲げて内へ踏みこむ。

「おうい、誰かおらぬか」

盗人なのに、声を掛けた。

履物も脱がずに板間へあがり、廊下を渡って表口にむかう。

表口には帳場があるはずだ。

又七は心ノ臓が苦しくなってきた。

他人の家へ忍びこむのは、無論、はじめてのことだ。

心に重くのしかかる罪の意識が、吐き気を催させた。

「又七、みろ」

帳場とおぼしきところに、行燈が灯っている。

大石は提灯の火を吹きけした。

板間には算盤《そろばん》だの煙草盆《たばこぼん》だのが散乱していた。

大石は爪先立ちで近づき、衝立《ついたて》のむこうを覗きこむ。

「うへっ」

滑って転んだ拍子《ひようし》に、衝立が倒れた。

「ひぇっ」

又七も腰を抜かしかける。

帳場には、白髪の老人が座っていた。

両手で空をつかみ、天井を睨みつけているのだ。

「し、死んでる」

玉屋仁平次のからだは、化石のように硬直していた。

冷静さを取りもどした大石が、遺骸を調べはじめる。

「死んでから、さほど経っておらぬな」

「こ、殺しかい」

「いいや、金瘡《きず》はなさそうだ。首を絞められた痕もないし、何かの拍子に心ノ臓が停まったのであろう」

「いきなり、お迎えが来たってわけか」

帳場は荒らされており、金目のものは奪いさられたあとだった。

「先客があったらしい」

「賄い婆が怪しいぜ」

「おさじか、なるほど。玉屋のことを教えてくれたのも、じつは、おさじ婆さんだ」

「何だって」

「坂上の神谷町《かみやちょう》に裏長屋があってな、ひとり淋しく暮らしておる。偏屈《へんくつ》なうえに人嫌いな婆さんでな、かえってそうした性分が玉屋の主人と合っていたのかもしれぬ」

「おめえさんとは、どういった経緯《いきさつ》で」

「わしは腹が減ってどうしようもなくなると、托鉢《たくはつ》の真似事をやる。芝から麻布に掛けての一帯が、江戸ではいちばん実入りが良い。しかも、貧乏長屋の連中にけっこう信心深い者が多くてな、たまさか立ちよった長屋におさじ婆さんがいた。親切にしてくれてな、二十歳《はたち》前後の一人息子があったらしい」

「一人息子を亡くしちまったのかい」

「生きてはいる。ここ何年も顔をみておらぬと、淋しそうにこぼしておった」

「息子が消えてから、人嫌いになったってわけか」

「かもしれぬ。ともかく、神谷町まで行ってみよう。すぐそこだ」

ふたりは店を飛びだし、急坂を登りはじめた。

又七は息を切らしながら、大石の背中に問いかける。

「婆さんは玉屋のことをどうおもっていたんだろう」

「ちと憎んでおる様子だったな」

「何で」

「玉屋というより、女郎買いを斡旋《あっせん》している連中を嫌っていたのさ。玉屋もちがうとは言いきれまい、岡場所で損料屋をやっておるのだからな。女郎屋とも裏で繋がっていたにきまっておる」

大石は足を止めた。

「そこだ」

目のまえに、朽《く》ちかけた裏木戸があった。

番小屋に木戸番はいない。

脇の潜り戸は開いており、扉が夜風に軋《きし》んでいた。

どこにでもあるような裏長屋だが、荒廃はひどい。

「もうすぐ取り壊しになる。長屋を潰して道を拡げるのよ」

「だから、木戸番もいねえのか」

大半の住人は、雀《すずめ》の涙ほどの金を貰って追いだされた。寝たきりの病人や幼子を抱えた寡婦《かふ》、ほかにも出てゆけぬ事情のある連中だけがのこっている。

「おさじ婆さんもそのひとりだ」

出てゆけぬ事情とは息子のことだろうと、又七はおもった。

いつかは帰ってきてくれると信じ、この場所を離れられないのだ。

「くそっ、おっかさんが生きてくれているだけでも羨ましいってのによ」

みたこともない息子のことが、憎たらしくなってくる。

大石が、ふうっと溜息を吐いた。

「しかし、わからぬ」

かりに、おさじが帳場の金を盗んだとすれば、その理由が判然としない。

金に執着していたようにもみえないし、いくら憎んでいたからといって、雇い主の金を盗んだりはしないだろう。

「よほどの理由があったな」

大石はしんみりと洟らし、奥まった角にある部屋へむかった。

油障子のむこうに、行燈が灯っている。

耳を澄ますと、噎《むせ》び泣きが聞こえてきた。

六

おさじは顔を皺くちゃにして、おんおんと声をあげて泣きはじめた。

その痩せた肩を優しく叩き、大石は途方に暮れたような表情をする。

おさじによれば、玉屋仁平次が急死したのは、暮れ六つ過ぎであったという。それと気づいたおさじは、すぐさま番屋へ駆けこもうとおもったが、帳場に散乱した小判に目が吸いついてしまった。仁平次は金勘定が趣味で、その最中に逝ったのだ。

「出来心だったんです」

じつは数日前、息子の太吉《たきち》がひょっこり帰ってきた。顔をひどく撲《なぐ》られ、鼻血まで流している。理由を糺してみると、博打の借金を返すことができず、恐い連中から袋叩きにあったらしい。

しかも、期限までに五十両を返済しなければ、膾《なます》斬《ぎ》りにされて大川に捨てられてしまうと泣きながら訴える。おさじは仕方なく、玉屋の旦那に駄目もとで相談してみると応じてくれた。

だが、ちょうどそうした折、仁平次は急死した。

これも天のお慈悲、おさじは罪深いこととは知りつつも、息子の命を救いたいばっかりに大金を盗んでしまった。

又七は、ぺっと唾を吐いた。

「それで、太吉に金を渡しちまったのか」

「は、はい」

盗み金は五十両を超えていた。百両ちかくはあったかもしれない。それを一両残らず、莫迦息子に手渡してしまったというのだ。

「いちおう、高利貸しの名を聞いとくか」

「はい……なんでも、高輪大木戸《たかなわおおきど》の河内屋《かわちや》さんとか」

一瞬、大石の片眉がぴくりと動いた。

又七もおさじも気づかない。

「今夜が期限だったんです」

「婆さん、あんたそれで満足なのか」

又七が気色ばむ。

「え」

「金なんぞ渡しちまって、太吉はもう帰《けえ》ってこねえぞ」

「いいんです。あの子が達者でいてさえくれれば……わたしみたいな年寄りは、もうどうなったって構やしません。お縄になろうが、磔《はりつけ》になろうが、構やしないんです……う、うう」

「泣くんじゃねえ、こんちくしょうめ」

この際、金のことはどうでもよい。甘ったれた息子のことが、又七にはどうにも許せなかった。中途半端なところが自分と似ているだけに、なおさら許せないのだ。が、それ以上に、莫迦息子を叱ろうともせず、罪を犯してまで救おうとする母親の浅はかさが歯痒《はがゆ》くてならない。

「又七、行こう」

大石がぽつりと言った。

「おさじを責めても詮無いことだ」

ふたりは、潰れる運命を待つだけの長屋をあとにした。

「ふっ、頭まで丸めたのに、このざまだ」

大石は自嘲しながら、禿頭を撫であげる。

「さあて、今夜のねぐらをどうするか」

又七はぎろりと睨まれ、急いで手を振った。

「だめだめ、おいらは女郎屋の居候《いそうろう》だ。下手に帰ったら馘首《くび》にされちまう」

「夜露をしのぐ軒さえあれば、どこでもよいのだがな……いっそ、開運寺にもどるか」

「まずいだろう。下手すりゃ寺社奉行に突きだされるぜ」

「あの住職なら、そうはせぬとみた」

「おめえさんとは気が合ってたしな」

「よし、きまりだ」

ふたりは切通坂をおり、涅槃門へむかった。

「けっ、足が棒みてえだ」

「若いのに弱音を吐くな……ところでおぬし、わしが金を欲する理由がわかるか」

「いいや」

「妻がおるのさ」

「え、独り者じゃねえのか」

「箱根《はこね》の湯治場《とうじば》で、わしの帰りを待っておる」

「湯治場、病なのか」

「労咳《ろうがい》だ。会うたびに血を吐く」

「人参を買うために金が要るってわけだな」

「さよう」

「いっしょだ」

「え」

「おいらも人参を買う金が要るのさ」

「いくら」

「十両」

「わしは三十両だ」

又七がおはまとの経緯を喋ると、大石は身を反らして笑う。

「おぬし、騙されておるぞ」

「え」

「わからんのか。相手は木更津から流れてきた髪結いで、しかも、行きずりの男を楊弓場の二階へ誘いこむ女だ。海千山千、世の中の酸《す》いも甘いも知っている。そういうのをな、下っ腹に毛のない女というのさ」

「下っ腹に毛のない女」

「ああ、おぬしはお人好しのおっちょこちょいだ。女の目には、鴨葱《かもねぎ》にしか映っておらぬわ。十両を渡してみろ、その途端に、はい、さようなら、女狐《めぎつね》は尻尾を巻いて消えさるという寸法よ」

「けっ、おはまを知りもしねえで、当て推量しやがって」

「信じたくば信じておればよい。騙されても、あきらめはつこう。それより金だ。どうにかして、金を手に入れねばならぬ」

「くそっ、おさじ婆さんのせいで大金をつかみ損ねたぜ」

「済んだことだ。愚痴《ぐち》をこぼすな」

ふたりはしばらく黙って坂をくだり、涅槃門を面前にしたところで大石がまた口をひらいた。

「又七、おぬしには恩義を感じておる」

「なんでえ、あらたまって」

「ひとつ、とっておきのはなしを教えてやろう」

「げっ、またかよ」

「聞きたくないのか」

「いいや、是非とも聞きてえもんだな」

皮肉を込めて言ったつもりが通じず、大石は得々と喋りだした。

「高輪大木戸のそばに、河内屋徳右衛門《とくえもん》という男が金貸しの店を構えておる」

「ちょいと待ってくれ。河内屋って屋号はどっかで聞いたぞ……あ、婆さんの息子が金を借りたさきじゃねえか」

「さよう、婆さんの口から屋号が洩れた途端、そいつのことをおもいだしたのだ。徳右衛門はまだ若い、三十前後であろう。こやつが雨降りあげくのきのこ野郎でな、米相場で荒稼ぎしおった小悪党さ。力も無いのに金にものを言わせ、大きな顔でのさばっておる。懲《こ》らしめるには、もってこいの相手だ」

「懲らしめるって、どういうこったい」

「帳場の金をいただくのよ。どうせ、あぶく銭だ。汗水垂らして稼いだ金ではない。ついでに、腕の一本もへし折ってやるか。おさじ婆さんを悲しませた報いを受けさせねばなるまい」

「でもよ、金貸しとなりゃ用心棒を雇っているにちげえねえ。言うほど簡単なはなしじゃねえぞ」

「たしかに、用心棒らしき強面《こわもて》の連中はおったな」

「なんだおい、知ってんのか」

「ひととおりは調べてみたのよ。半端者が三人、腕の立ちそうな浪人者がひとりおった。半端者どもは金銭の取りたてもやっておるゆえ、たいていは浪人者が河内屋の警護をしておる」

「その浪人をどうする。おめえさんの竹光じゃ斬れねえだろ」

「ふむ、まともに闘っても勝ち目は薄い。奇策を使う」

「奇策」

「さよう。その無備《むび》を攻め、その不意を出《い》づ」

「何だ、そりゃ」

「孫子《そんし》の兵法《へいほう》よ」

金言めいた難しい文句を吐かれると、できそうな気にもなってくる。

又七は深い考えもなしに「乗った」と叫んだ。

正面の涅槃門は閉まっており、押しても引いてもびくともしない。

ふたりは開運寺へむかうのをあきらめ、宇田川町から東海道へ抜けると、高輪大木戸めざして南へ歩みはじめた。

のんびり行けば、そのうちに東涯《とうがい》も白んでくる。

眠くなったら、夜鷹にでも菰《こも》を借りて草叢《くさむら》に眠ればよい。

「樹下石上《じゅかせきじょう》を宿となす。それこそが修験者《しゅげんじゃ》の生きざまよ」

大石は本物の修験者のような顔をして、呵々《かか》と笑いあげた。

七

又七はすっかり気を許し、大石にさまざまなことを喋った。

照降町の裏長屋に姉と義兄と九つの姪が住んでいること、幼なじみに仙三という御用聞きがおり、仙三が仕えている同心の八尾半四郎とも知りあいだということ、自分は勘当されて木更津で三年も過ごし、親の死に目に会えなかったこと、あるいは、ずっと世話になっている磯次郎のこと、自分は中身の無い一閑張《いっかんば》りの性分だが、おはまにだけは本気で惚れたこと、おはまと楊弓場の二階へしけこんだものの、何もできなかったことなど、止めどもなく聞かせてやった。

ふたりは薩摩《さつま》の蔵屋敷を遠望できる榎木《えのき》の木陰で眠り、日の出間近の汐浜で漁師たちから味噌《みそ》仕立ての漁師汁を馳走《ちそう》してもらった。

沖の日の出を眺めていると、箸を持つ手が止まった。

海原は金色に輝き、煌めく波が弓なりに蜒々《えんえん》とつづく縄手《なわて》の白浜に打ちよせる。

「又七、絶景よな」

「うん」

「生きていてよかったとおもうのは、こうした景色に出逢ったときだ。さて、腹もできたし、河内屋を訪ねてみるか」

「え、朝っぱら訪ねるのかい」

「その無備を攻め、その不意を出づ。敵の虚を衝くのよ」

又七は心の準備ができておらず、大石の背にしたがうしかない。

高さ一丈の石垣に囲まれた高輪大木戸は、目と鼻のさきだ。

めざす高利貸しの店は、大木戸車町《くるまちよう》の一角にあった。

この界隈はかつて牛町《うしちよう》と称され、材木を運搬する牛車《うしぐるま》仲間が多く住んでいた。今は安女郎の屯《たむろ》する局長屋《つぼねながや》と木賃宿《きちんやど》の混在する雑多な雰囲気の町になりかわっている。

いずれにしろ、又七にとっては、はじめて足を踏みいれるところだ。

「旦那、待ってくれよ。おいらは何をすればいい」

「おぬしか、そうよな、大小を菰にくるんで小脇に携え、土間の端にでも立っておれ」

「竹光の番かい。ふん、くそおもしろくもねえや」

「交渉役を引きうけるか」

「交渉役って」

「徳右衛門を騙す役よ」

「そんなもの、できるわけがねえ」

「だったら、言うとおりにいたせ。立っておるだけで十両が手にはいるのだ、それこそ濡れ手に粟《あわ》というやつよ、ぬふふ」

ふたりは車町を彷徨《うろつ》き、ようやく河内屋の看板をみつけた。

店のつくりは目立たぬように配慮されている。

阿漕《あこぎ》な高利貸しは、みなそうだ。

表口は開いており、小女が箒《ほうき》で塵《ちり》を掃いていた。

黄檗の衣を纏った大石はすたすた歩み、躊躇いもせずに敷居をまたぐ。

「お坊さま、何の御用でしょう」

年若い小女が、小首をかしげた。

大石は満面の笑みをつくり、主人に呼ばれて経をあげにきたと伝えた。

「では、主人を呼んでまいります。少しお待ちを」

土間に立ったまま、かなり待たされた。

ようやくあらわれたのは主人の徳右衛門ではなく、剃刀のような目つきをした浪人者である。

「御坊、何処《いずこ》の寺より参られた」

「芝の開運寺じゃが」

「知らぬなあ。少なくとも河内屋の檀那寺《だんなでら》ではない」

「檀那寺は何処でござろうか」

「千貫紅葉《せんがんもみじ》で知られる海晏寺《かいあんじ》よ」

「ほほう、それはまた風流な。じゃが、開運寺にも紅葉の古木はござる。しかも、一本や二本ではない。もうすぐ、寺は全山真紅に燃える。まるで、火事にでも遭ったようにのう。開運という寺の名にあやかって、拙僧に読経を頼まれる御仁も多い。ところで、おまえさまはどなたかな」

「拙者は諸星文悟《もろぼしぶんご》、河内屋の雇われ者よ。主人の徳右衛門は御坊におぼえがないと申しておる。何かの勘違いではないのか」

諸星は異様なほど痩せていた。眸子は落ちくぼみ、肌は灰色にくすみ、病人のようにみえる。が、物腰には一分の隙もない。又七などは三白眼で睨みつけられた途端、縮みあがった。

大石は肚《はら》が据わっており、平然としている。

「拙僧の勘違いと仰るか。これは心外じゃ」

「されば聞くが、誰のために経をあげるのだ」

「ご先祖じゃろうの」

「ふん、なるほど。しかし、何と申されようが、主人におぼえがない以上、お帰りいただくしかない」

帰れと言われれば、言うとおりにするのがふつうだが、大石虎之進はふつうではない。

「諸星どの、わしと勝負いたさぬか」

などと、口走る。

「勝負、何のはなしだ」

「ご安心なされ、真剣で斬りあうのではない。こいつだ」

大石は懐中から、骰子《さいころ》を取りだした。

「骰子を振って一、三、五の賽《さい》の目が出たら、おぬしの勝ち。二、四、六なら、わしの勝ち。どうじゃ、一発勝負といこうではないか」

「わけがわからん。だいいち、何を賭ける」

「知りたいか」

「焦《じ》らすな」

「されば、教えてやろう。拙僧の首を賭ける」

「なんだと」

身を乗りだす諸星にむかって、大石は自分の首を叩いてみせた。

「この素首じゃ、ほれ、落とし甲斐《がい》があるぞ。なにせ、五百両の値が付いた賞金首じゃからのう」

「賞金首だと。おぬし、何者だ」

「名は言えぬが、世間に知らぬ者とてない大泥棒よ」

「なに」

「生きたままお上に突きだせば、首は倍の千両になる。さあ、どうする。これは千載一遇《せんざいいちぐう》の機会ぞ。はなしも聞かず、門前払いにいたすのか」

「ふん、おもしろい。聞いてやろう、はなしとやらをな」

「なれば、わしが骰子を振る。おぬしが負けたら主人を出せ。どうじゃ、わしは首を賭けるのだ。おぬしは負けても傷つかぬし、損もせぬ」

「よし、骰子をこっちに寄越せ。二、四、六の目が出たら、わしの勝ちだ。おぬしの首を貰う」

「かまわぬよ、ほれ」

大石の抛《ほう》った骰子を受け、諸星は板間に転がした。

又七は、ごくんと唾を呑みこむ。

賽の目が「三」と出た。

「うはっ、やった」

又七が嬉しそうに手を叩く。

「わしの勝ちだな」

大石は骰子を拾いあげた。

「くそっ」

諸星は歯軋《はぎし》りをして口惜しがり、奥へ引っこんだ。

又七は身を寄せ、そっと囁いた。

「すげえぜ、旦那」

「なあに、三しか出ぬように細工してある」

「え」

「たいていの者は、こちらが持ちかけた賽の目とは逆を選ぶ。つまり、あの痩せ
犬が二、四、六を選ぶのはわかっておった」

「もし、一、三、五を選んでたら、どうしてた」

「尻尾を巻いて逃げたさ、ふふ」

肝の太い男だ。人を舐めているところが小気味よい。

又七の目には、大石がまたひとまわり大きくみえた。

諸星に導かれ、恰幅《かっぷく》の良い二重顎の男があらわれた。

徳右衛門である。三十と聞いたが、ずいぶん老けている。瞼《まぶた》の重そうな眸子の
せいだろう。鼻は長太く、唇は分厚い。汗っかきのようで、青々と剃った月代《さかやき》に
は汗が滲んでいた。

「糞坊主、何が狙いだ」

のっけから、徳右衛門は喧嘩腰で身構えた。

あくまでも、大石は動じない。

「金を借りたい」

「あんだと、てめえ、盗人坊主じゃねえのか」

「たしかに盗人だが、もう金もずいぶん貯まったし、この稼業から足を洗おうと
きめた」

「金が貯まってんなら、何も高利貸しから借金する必要はあんめえ」

「ところがな、貯めた金をすぐには使えぬのだ」

「どうして」

「長月のあいだは眠らせておかぬと、凶事に見舞われる。たとえば、お上にみつかって縄を打たれるとかな。そう、卦《け》に出たのよ」

「莫迦らしい」

「おや、卦を信じぬのか」

「占いなんぞ、誰が信じるものか。唯一、信じられるのは金だ、おれは金しか信じねえ」

「さすが、河内屋徳右衛門、おぬしの守銭奴《しゆせんど》ぶりを小耳に挟んでな、わざわざこうして足労したのよ。どうであろうな、金を貸さぬか。月が替わったら、三倍にして返してやる」

「三倍、ふん、そんな与太話《よたばなし》を信じろってのか」

「信じる信じぬはおぬしの勝手だ。だめなら、ほかの高利貸しをあたる。ふっ、わしに恩を売っておけ。そうすりゃ、相場を張るための元金を出してやってもいい。おたがい悪党同士、仲良く手を組んで儲けようや、なあ。おぬしもまだ若い。これから、どおんと飛躍せにゃなるまい。となれば、千両単位の金がいる。

百両や二百両でちまちま相場を張っても先はみえておるぞ」

「けっ、言わせておけばいい気になりやがって。いってえ、いくら欲しいんだ」

徳右衛門は餌に食いついた。あとは取りおとさずに釣りあげればよい。

「五十両」

と、大石は吐いた。

徳右衛門は、拍子抜けしたような顔をする。

「たったの五十両か」

「そいつが百五十両に化けるというわけだ。しかも、おぬしはわしに信頼という手形を切ることになる。おぬしがまとまった金を欲すれば、いつでも手助けしてつかわすぞ」

「おめえのはなしが嘘じゃねえという証拠は」

「五十両と引き換えに、金の在処《ありか》を教えてやる。埋めてあるのさ、あるところにな。おぬしらがそこに金が埋まっているのを確かめるまで、人質を置いておくとしよう。こやつだ」

「へ」

指名された又七は、絞められた鶏《にわとり》のような顔をした。

「そやつは又七、わしの実弟だ」

徳右衛門が、爪先から頭のてっぺんまでじろじろ眺めまわす。

又七は頭が混乱し、ただ、黙って脅えているしかない。

「そんなちんけな野郎が五十両の質草か」

「ちんけだろうが何だろうが、ひとひとりの命、粗末に扱ったら罰が当たるぞ」

「まあいい、五十両ぽっちなら貸してやる」

徳右衛門が顎をしゃくると、諸星は奥へ引っこんだ。

すぐに目つきの悪い半端者がふたり登場し、そのうちのひとりが五十両の包みを床に置いた。

「さあ、金の在処を教えろ」

「木更津」

「なに」

「焦らずに聞け、江戸橋南詰めの木更津河岸だ。火の見櫓のそばにある楊弓屋の床下を掘ってみろ」

「よし」

「無論、埋まっておるのは盗み金のすべてではない、一部にすぎぬ。ほかにも数カ所に分けてあるのだ。妙なことは考えぬほうがよい。わしはこれでも柳剛流《りゅうごうりゅう》の達人でな、金を奪おうとする者は即座に臑《すね》を失うぞ……さて、わしは用があるゆえ、これにて失礼する。ではな、又七、達者でな」

徳右衛門に指示された半端者どもが外へ飛びだし、つづいて五十両をまんまとせしめた大石がつづいた。

「ま、待ってくれ」

又七は叫んだ途端、襟首を絞めあげられた。

息が詰まって、喋ることもできない。

眼前には、痩せた男の顔があった。

意識が、虚ろになってくる。

「弟にしては似ておらぬな」

諸星はつぶやき、赤い口端を吊りあげた。

八

又七は後ろ手に縛られ、勝手口の太い柱に繋がれた。

見張役の半端者は、つまらなそうに爪を嚙んでいる。

まだ若い。二十歳を過ぎたあたりか。頬には面皰《にきび》を潰した痕があるものの、頭に血がのぼったら何をしでかすかわからない狂気を目に宿していた。

助けを請うたところで、どうせ無駄だろう。

又七は喋る気にもならず、項垂《うなだ》れている。

大石虎之進がいなくなって、半刻（一時間）が経つ。

高輪、江戸橋間の往復と楊弓屋の床下を掘るのにおよそ半日、それが又七に残された猶予だった。

「てめえのせいで割を食ったぜ。水茶屋の娘と川船に乗るはずだったのによ」

若僧はおもむろに腰をあげ、土間を横切ってくる。

前触れもなく、又七の月代をぽかっと撲った。

「痛っ、何をしやがる」

「おや、生意気なことを抜かしたな」

若僧は右脚を振り、腹を蹴りあげてきた。

「うっぷ」

鳩尾《みぞおち》にきまり、息ができなくなる。

若僧は蔑《さげす》むような口調で喋った。

「なにが名の知れた盗人だ。どうせ、でまかせなんだろう。もうすぐ、そいつがわかる。おめえは、諸星のやつに首を落とされるって寸法だ。覚悟しとけ」

又七は震えながら、低声《こごえ》で頼んだ。

「み、水を……水をくれ」

「だめだね、末期《まつご》の水なら呑ませてやってもいいけどな。へへ、どうしても呑みてえんなら、太吉さまの足の裏を舐めてみろってんだ」

「え」

又七は、驚いた顔で若僧を見上げた。

「おめえ、太吉なのか」

「軽々しく呼ぶんじゃねえ」

「おいらは、おっかさんを知ってる……お、おさじさんていうんだろう」

「あんだと」

「おさじ婆さんは玉屋の帳場から金を盗んだ。そいつを息子のおめえに手渡したはずだ」

「げっ、何で知ってる」

「それはな」

又七が応じかけたとき、板間に音もなく人影があらわれた。

諸星文悟だ。三白眼でこちらを睨みつけている。

「太吉、何をしておる」

「うへ」

太吉は肩をそびやかし、首を捻った。

「こいつを、とっちめていたんでさあ」

「余計なことはせんでいい。どうせ、昼餉までの命だ」

「てえことは、旦那も坊主のことを信じちゃいねえんで」

「あたりまえだ」

「でも、貸した五十両は」

「嘉助《かすけ》に坊主を跟《つ》けさせておるわ」

「へへ、嘉助さんなら、見逃すはずはありやせんね」

「どっちにしろ、そやつの命は風前の灯火《ともしび》、わしが首を刎《は》ねるまで傷物にいたすな」

「へい」

諸星が去ると、太吉は土間にぺっと唾を吐いた。

「ふん、偉そうに。野良犬のくせによ」

又七は、縋《すが》るような目をむけた。

「太吉よ、おめえが河内屋の手先どもに痛めつけられたなあ知ってる。なのに、何でおめえは手下になんかなったんだ」

「手下になりゃ痛めつけられずに済む。頭は使いようさ」

「借金は五十両だったな。でも、おっかさんは百両近くの金を手渡したはずだぜ、のこりをどこへやった」

「喋るもんかい」

「おいらに十両寄越せ。そうしたら、おめえにだけは、ほんとのことを教えてやる」

「あんだって」

「こいつを聞き洩らしたら、おめえは一生浮かびあがれねえ。伝馬町の蛸壺《たこつぼ》で糞まみれになってくたばる運命が待ってるぜ」

又七は必死に嘘をならべたてた。生きるためだ、仕方ない。

「伝馬町の蛸壺だと、おい、どういうこった」

「聞きたいか、おいらは御用聞きなんだぜ」

「なに」

「調べりゃすぐにわかる。南町同心の八尾半四郎さまがおいらの旦那だ。阿漕な手管《てくだ》で金を稼いだ河内屋のことを探っていたのさ」

「だから、おっかさんのことまで知っていたのか」

「そういうこった」

「糞坊主は何者だ」

「あれか、ただの物乞い坊主よ。あの莫迦、おいらの素姓も知らず、勝手に走りやがったのさ。いいか、太吉、おいらが昼餉までに戻らねえと、八尾さまが捕り方を差しむける手筈《てはず》になってんだ。悪党どもは一網打尽《いちもうだじん》てえわけさ」

「げっ」

「さあ、縄を解け」

「え」

「おいらを助けてくれたら、悪いようにゃしねえ。おめえは根っからの悪党じゃねえんだろう」

「あたりめえだ」

「そんなら、早《はえ》えとこ縄を解け」

太吉は渋々ながら、縄を解いた。

「よし、金を寄越せ」

「ここにゃねえよ」

「どこにある」

「神谷町の裏長屋さ。あすこしか隠す場所がなかったもんでな」

「おっかさんのとこだな」

「ああ、竈《へっつい》の裏に五十両ばかしある」

「なら、急ごう。連中はおめえを血眼《ちまなこ》になって捜すはずだ。そのめえにおっかさんを連れて、江戸を出ちまったほうがいい。うん、それがいい、上方へでも行くんだな」

「わ、わかった」

ふたりは勝手口からそっと抜けだし、東海道を駈けに駈けた。

芝の切通坂を駈けのぼり、神谷町へ達したころには、冲天《ちゅうてん》に陽がのぼっていた。さっそく裏長屋へはいってみると、饐《す》えた臭いの部屋に、おさじが死んだように座っている。

「おっかさん」

太吉の呼びかけに振りむいた皺顔が、ぱっと明るくなった。

「お、おまえは……太吉かい」

「ああ、そうだ。早くここを出よう」

「出るって、おまえ」

「逃げるんだよ」

太吉は竈の裏へ這いずり、襤褸布《ぼろぬの》にくるんだものを取りだしてきた。

「おまえ、なんだい、それ」

「おっかさんに貰った金さ」

「え」

「又七さんに礼をしなきゃ」

「なにを言ってんだい」

「このひとは御用聞きだ。悪党の巣から救ってくれたんだよ」

おさじは畳に額《ぬか》ずき、くどくど礼を述べたてる。

又七は太吉から十両を引ったくり、戸口にむかって駈けだした。

油障子をつかんで振りかえり、哀れな母子に声を掛ける。

「二度と江戸へ戻ってくんなよ」

あとは後ろもみずに露地を駈けぬけ、裏木戸を抜けて急坂を駈けおりる。

太吉のおかげで命拾いしたうえに、十両まで手に入れた。

が、心は重い。

所詮《しょせん》は盗み金、汗水垂らして稼いだ金ではない。

胸を張り、使ってくれと言える金ではなかった。

「ちくしょうめ」

それに、大石虎之進の身も案じられた。

裏切られたはずなのに、そんな気がしない。

無事でいてほしいと、又七は心底から願った。

九

三日後、又七のすがたは楊弓屋の一階にあった。

昨日の八ッ刻、約束どおりに二階で逢い、おはまに十両を手渡した。

おはまは畳に額を擦りつけんばかりにして礼を述べたが、体調が優《すぐ》れないことを理由に床入りを拒んだ。

別に、腹は立たなかった。

不思議と、おはまを抱きたいともおもわなかった。

おさじと太吉がうまく逃げおおせたかどうかもわからず、いまだ、大石虎之進の安否も確認できない。宙ぶらりんの気持ちのまま、おはまを抱きたくはなかったのだ。

ともかく、今日の暮れ六つに逢瀬の約束をして別れた。

が、おはまは来ない。どれだけ待っても来る気配はない。

闇の帷《とばり》は下り、客のいない殺風景な板間に涼風が吹きぬけてゆく。

板間の半分は、河内屋の手下どもの手でひっぺがされていた。

しかし、ひっぺがしてみると、そこは固い岩盤のうえだった。

穴は掘れない。お宝が埋めてあるはずもなかった。

高輪からやってきた連中は怒りにまかせ、楊弓を折り、大太鼓を蹴破っていった。

女将のおこんにしてみれば寝耳に水のような出来事で、とばっちりを受けた恰好だが、又七の口から経緯が語られることはなかった。

大太鼓は破れたまま、置きざりにされている。

「あんた、いつまで待つ気だい」

弓を手にしたおこんが、業を煮やしたように訊いてきた。

「莫迦だねえ、あんな女を信じちまって」

「どういうこった」

「おはまは橋のうえから、磯次郎の屋台を窺っていたのさ。そこには人の好さそうな若い男がひとり座り、管《くだ》を巻きながら酒を呑んでいた」

「おいらのことか」

「そうさ、あんたは最初から狙われていたんだよ。おはまはね、男をくわえこんで飯《まま》を食っている女さ。あんただって、それくらいはわかっていたんだろう」

「わかっていたさ」

「だったら、何で騙されたんだい」

「知るか」

「あんたの渡した十両はいまごろ、間夫《まぶ》のふところのなかだね」

「うるせえ」

「ふん、ひとがせっかく親切にものを言ってあげてんのに」

「なら、どうして、もっと早く教えてくれなかったんだよ」

「ふん、見ず知らずのあんたに、教える義理なんてないさ」

おこんは重い腰をあげ、吊りさがった破れ太鼓をぽんと蹴った。

「さ、もうお帰りな」

「ああ」

「つぎに来るときは弓を引きにおいで。あたしが良い娘を紹介してあげるから」

「けっ、二度と来ねえよ」

又七は店を出て、闇のなかへ一歩踏みだした。

すると、天水桶《てんすいおけ》の陰から人影が近づいてくる。

「だ、誰でえ」

逃げ腰で身構えると、よく知った顔がにゅっとあらわれた。

御用聞きの仙三である。本業は廻り髪結いだが、八尾半四郎に使われている。又七とは幼なじみで、廓へもいっしょに通った仲だ。河内屋で咄嗟《とっさ》に嘘を吐いたとき、脳裏には仙三の顔が浮かんでいた。

「又さん、ずいぶん捜したぜ」

「おう、いってえどうした」

「三日前のはなしだ。黄檗染めの衣を纏った坊さまが血相を変え、茅場町《かやばちょう》の大番屋へ飛びこんできた。八尾さまを訪ねてきたんだよ。嘉助とかいう半端者の首根っこをつかまえてね。そいつが檀家から頂戴した喜捨《きしゃ》の五十両を盗もうとしたとかどうとか。よく聞けば、高輪の河内屋っていう悪党のところに、なんと又さんが捕まっているという。坊さまが又さんをすぐに助けろと怒鳴りちらすもんで、八尾さまはじめ捕り方二十有余人が押《お》っ取《と》り刀《がたな》でむかったってわけさ」

「河内屋はどうなった」

「お縄にしたよ」

「おいらはいなかったはずだぜ」

「河内屋徳右衛門の悪い噂は、従前から耳にしていた。法外な利息で銭を貸し、貧乏人どもの恨みを買ってるってね。これも良い機会だからと、八尾さまがお縄にしちまった。それが顚末《てんまつ》さ」

「腕の立つ浪人者がおっただろう」

「いたいた、諸星某とかいうやつ。店んなかで大立ちまわりがあってね、あの野郎、白刃を抜いたのが運の尽き、八尾さまに斬られちまったよ」

「へえ、そうだったのかい」

全身から、ふうっと力が抜けた。

「仙三、それで坊主はどうした」

「どっかへ消えちまったさ」

大石は、裏切ったのではなかった。

それとわかり、嬉しさがじわりと込みあげてきた。

さらに何日か経ち、木々の葉が一斉に色づくとともに、時雨《しぐれ》る日が多くなった。

晴れ間を縫って外へ飛びだし、又七は久しぶりに磯次郎の店を覗いてみた。

「よう、又さん、おめえさんを捜していたところだ」

「なんで」

「じつは、五日前から顔色の悪い娘が通ってくるんだ」

「ひとりでか」

「ああ」

きまって暮れ六つにやってきて、又七さんはいないかと尋ねる。

理由を問えば、本人にしか言えぬと口を噤《つぐ》む。

「そんなわけで、何やら気味が悪くて仕方ねえ」

「娘の年恰好は」

「十五、六、いや、もっと上かもしれねえ」

ごおんと、時の鐘が鳴った。

「親爺さん、暮れ六つだぜ」

夕焼け空に鴉《からす》が鳴いた。

江戸橋のほうから、娘がひとりやってくる。

「ほら、今日も来た」

娘は顔を夕陽に染め、俯き加減で近づいてきた。

どこかで逢ったような気もする。

「こんばんは、あ」

娘は又七をみつけ、驚いた顔をした。

「もしや、又七さんではございませんか」

「そうだが、よくわかったな」

「お顔の特徴を、姉さんに聞いておりました」

「姉さんて」

「おはまです」

「おう、そうかい。するってえと、おめえは胸を患ってる妹か」

「はい、きせと申します」

又七は目を輝かせ、心から嬉しそうに微笑んだ。

おはまには、労咳の妹がちゃんといたのだ。

「じつは、姉さんの遺言を預かっております」

「遺言」

「はい、別れた亭主に胸を刺され、亡くなったんです」

今から七日前というから、又七がおはまに再会した翌日のはなしだ。

「お借りした十両のおかげで、わたしはこうして生きながらえております」

だが、又七の十両では足りず、おはまは身を売るしかなかった。

そして、売られたその夜から客をとりはじめた。

客のなかに、噂を聞きつけて遊びにきた元亭主がいたのだ。

酒の臭いをぷんぷんさせ、床代も払わずに抱かせろと喚《わめ》きちらし、おはまに拒まれて逆上したあげく、匕首を抜いたらしい。

「姉さんは岡場所に売られてゆくとき、わたしに十五両もの大金を握らせました。阿漕な連中に払ったあとに残ったお金と、せっせと貯めてきたぶんだと言い、そのうち十両は又七さんにお返ししてほしいと頼まれました。それが遺言になってしまったのです」

「どうして、おいらがこの店にいるとわかった」

「たぶん、姉さんは江戸橋のうえから、この店を眺めていたのでしょう」

楊弓屋の女将が言ったとおり、又七は葱を背負った鴨だったのかもしれない。

しかし、おはまは誘っておきながら、途中で良心の呵責《かしやく》に苛《さいな》まれたのだ。

「姉さん、こんな自分に優しくしてくれたのは又七さんだけだって、そう言いました」

「おはまが……そ、そんなことを」

「はい」

又七は、ぐすっと洟水《はなみず》を啜りあげる。

おきせも目を赤くさせ、深々とあたまをさげた。

「どうもありがとうございました。お借りした十両、些少《さしよう》ですが、御礼を付けてお返しいたします」

差しだされた奉書紙《ほうしよがみ》には、十一両包まれていた。

又七は、やんわり押しかえす。

「こいつは貰えねえ、気持ちだけはありがたく受けとっておくぜ。その金で姉さんを懇《ねんご》ろに供養してやってほしいんだ。おいらもそのうち、手を合わせにゆくから」

「あ、ありがとうございます。姉さんがどんなに喜ぶことか」

おきせはこちらに背をむけ、淋しそうに去っていった。

「くそっ、おはまが死んじまうなんて」

晩秋の夕陽は、釣瓶落《つるべお》としに沈んでゆく。

木更津河岸は茜に染まり、澪標に繫がれた五大力船は薄闇に溶けてしまった。

「又さん、そういえば忘れるとこだった」

磯次郎が、袖から紙切れを取りだした。

涙で霞《かす》む目を擦り、走り書きの字を眺める。

紙切れには、箱根湯本《ゆもと》の旅籠《はたご》の名が記されていた。

「何だ、これ」

「先だって、立派な扮装《いでたち》のお坊さまがおいでになられ、又さんにその紙切れを渡してほしいと」

「うへへ、あの糞坊主め」

又七は、いつもの剽軽《ひょうきん》さを取りもどした。

「親爺さん、明晩は三夜待ちだ、どうあっても月を拝まなくちゃならねえ。じゃねえと、片月見になっちまうかんな。頼む、箱根までの路銀を貸してくれ」

「けっ、図々しい野郎だぜ」

「固いことは言いっこなしだ」

又七はちゃっかり路銀を借り、見世を出た。

ふと、江戸橋の欄干を仰げば、おはまが微笑みながら手を振っている。

「おはま、おはまよ……いっしょに箱根へ行こうぜ」

呼びかけた途端、おはまの幻影は消えた。

「くそったれ、こんちくしょう」

又七は泣いた。いくら泣いても、涙がつぎからつぎに溢《あふ》れてきた。

子《こ》授《さず》け銀杏《いちょう》

一

神無月《かんなづき》、立冬《りっとう》。

玄猪《げんちょ》の炬燵《こたつ》開きも間近に迫り、里の紅葉は今が盛りである。

「浅間どの、食い詰め者同士、たまにはどうです、一献《いっこん》」

「いいですな」

三左衛門は長屋仲間の轟《とどろき》十内《じゅうない》と肩をならべ、夕河岸《ゆうがし》の喧噪《けんそう》を背にしながら横丁の縄暖簾《なわのれん》をくぐった。

「芋酒《いもざけ》にしますか」

「はは、そうしましょう」

ふたりは床几《しょうぎ》に座り、大刀を鞘ごと帯から抜いた。

三左衛門の刀は竹光だが、轟のほうは大柄な体格に似つかわしい三尺二寸の大太刀、抜けば腰反りの強い本身に丁字乱《ちょうじみだれ》の刃文が浮かびたつ。

「轟氏《うじ》、いちど聞いてみたかったのだが、それは本物の法成寺国光《ほうじょうじくにみつ》なのかな」

「はは、見かけだおしの鈍刀《なまくら》にすぎませぬよ。これが国光なら、拙者は居合の祖である林崎甚助重信《はやしざきじんすけしげのぶ》の末裔《まつえい》、秘伝の卍抜《まんじぬ》けをも自在に操る人物ということになる」

「なあんだ、ぜんぶ嘘っぱちか」

「あたりまえでしょう」

轟は豊後臼杵藩《ぶんごうすきはん》（五万石）の元馬廻《うままわ》り役《やく》、江戸へ出てからは香具師《やし》の元締めに雇われて寺社の境内を転々とし、居合抜きの妙技を披露《ひろう》しながら腹薬を売っている。歌舞伎《かぶき》役者のように照柿色《てりがきいろ》の袍《ほう》を纏《まと》い、鍾馗《しょうき》をまねた顎髭《あごひげ》を付け、高下駄《たかげた》を履いて三段重ねの三方《さんぼう》に乗り、三尺二寸の「国光」で宙に抛《ほう》った柿を十字に斬ってしまう。轟十内の妙技は神業に近いが、薬の売れ行きにはさほど影響しないらしい。

「鈍刀と竹光、どちらも実戦では役に立ちそうにない」

「まったくですな。されど、浅間どのには越前康継の葵下坂がござろう。富田流小太刀の名人に三尺の大刀は要らぬ」

三左衛門も上州七日市藩（一万石）の元馬廻り役、ふたりは似かよった経歴をもつ。出奔《しゅっぽん》の経緯にしてもそうだ。三左衛門は主君を守るべく朋輩を斬って出奔し、轟は大儀のために叔父を斬った朋輩を追って出奔した。いずれも拠所《よんどころ》ない事情から、故郷を捨てねばならなかった。それだけに、わかりあえるところも多い。

「この葵下坂、何度となく捨てようとこころみたが、ついぞ捨てられずにここまできた」

「捨てねばよろしかろう。なにゆえ、捨てようとなされる」

「来し方を忘れたいがため」

「お気持ちはわかるが、捨ててはなりませぬぞ」

「ほほう、なぜ」

「もったいない。いや、それよりも、武士《もののふ》の反骨や矜持《きようじ》まで捨てさることになりやせぬか。そのことが案じられてなりませぬ」

武士であることなど、疾《と》うのむかしに捨てた気でいた。が、轟に指摘されてみると、なるほど、反骨や矜持の欠片《かけら》はまだ熾火《おきび》のように燻《くすぶ》っている。

「たとえ、仕官も叶わぬ浪々の身であろうとも、貧乏長屋で楊枝《ようじ》を削っていようとも、武士であることを忘れてはならぬ。拙者は日々、みずからに言い聞かせております」

少なくとも、轟十内という男は自分よりも骨があるなと、三左衛門はおもう。

「浅間どのにお逢いして、ちょうど二年になりますか」

轟はしみじみと洟らし、芋酒を呷った。

「あのころも木々がよう色づいておった。物いへば唇寒し秋の風……これ、誰でしたっけ」

「芭蕉《ばしょう》ですよ」

「ほ、さすが狂歌号までおもちの浅間どのだ」

「轟さん、どうかしましたか」

「ふふ、言おうか言うまいか、迷っております」

「もったいぶらずに、教えてください」

「では、申しあげましょう。じつは、おせいが懐妊しましてな」

「え」

「腹はまだ目立ちませぬが、もうすぐ岩田帯《いわたおび》を締めねばならぬとか」

帯祝いは妊娠五カ月目にあたる戌《いぬ》の日、出産までは半年もない。

「めでたい、それはめでたい」

轟を洗濯女のおせいと結びつけたのは、おまつだった。

轟とおせいは二年前に所帯をもち、照降長屋で暮らしはじめたのだ。

おせいにも、おきぬという八つの連れ子がいる。おすずとは大の仲良しで、いつも手を繋いで手習いから帰ってくる。

おなじ子連れの相手を選んだ者同士、分かちあえる共通点はそこにもあった。が、おせいは轟の子を孕《はら》んだという。

羨ましい。掛け値無しに、羨ましい。

「以前、雑司ヶ谷《ぞうしがや》の鬼子母神《きしぼじん》で三日ほど床店をひろげましてな、そのとき、御本尊にお願いしたのです。そうしたら半月ほど経って、おせいに子ができたと告げられた。やはり、鬼子母神のご利益《りやく》があったのでしょう」

「雑司ヶ谷か」

「浅間どのも、いちど参りに行かれたらいかがです」

「ふうむ」

「子は欲しくないのですか」

「欲しゅうござる」

ただ、実感が湧かない。自分に似た子がこの世に産みおとされる光景を、三左衛門はどうしても想像できなかった。

ともあれ、おせいの懐妊話は遠からず、おまつの耳にはいるだろう。

おまつは羨ましい気持ちをぐっと抑え、沈黙をきめこむにちがいない。

なにせ、ふたりは祝言もあげておらず、正式な夫婦《みようと》ではなかった。

当節、祝言をあげぬ夫婦はめずらしくもなんともないが、しっかり者のおまつは胸の裡《うち》でけじめをつけたいと願っていた。それがわかっていながら、三左衛門はもう何年も応じられずにいる。今さら気恥ずかしく、祝言をあげようなどとは言いだせないのだ。

轟は話題を変えた。

「ところで、鬼子母神と申せば、おもしろい人物と知りあいになりましてな。その御仁、拙者と同様に境内で腹薬を売っておったのだが、居合抜きが不得手《ふえて》ゆえ、仕方噺《しかたばなし》で人を集めておりました。この仕方噺が、なかなかにおもしろい」

居酒屋に誘って素姓を訊いてみると、男は轟とおなじ九州人で、久留米藩《くるめはん》の元藩士だった。

「有馬家《ありまけ》久留米藩二十一万石、大藩ではござらぬか」

「さよう」

男は名を田川頼母《たがわたのも》という。

年齢は三十二、久留米藩の江戸屋敷で勘定方《かんじょうかた》の役目を担っていたのだが、水天宮《すいてんぐう》の賽銭《さいせん》収入に関わる勘定奉行の不正流用を知り、勇気をもってこれを糾弾《きゅうだん》した。ところが、正義感が裏目に出た。本来なら褒められるべきところが、上役を悪人に仕立てあげた情けない男と揶揄《やゆ》されたあげく、藩を逐《お》われる身となった。

「妻子は」

「三行半《みくだりはん》を書いてくれとせがんだ妻は、幼子を連れて実家へ帰ったそうです」

田川は親類縁者からも白い目でみられ、いたたまれなくなって行方をくらました。

「今は孤独な身の上、夜露をしのぐ塒《ねぐら》もないと申す。哀れに感じたので、大家の弥兵衛《やへえ》に会わせました」

「え」

「拙者も、浅間どののとおまつどのにお骨折りいただき、照降町へやってきた。この町はいい。汐の香り、魚河岸の喧噪、変転する川の流れと人の情け、ここには拙者の好きなものがある。正直、照降長屋へ移ってきたときほど、人の情けが身に沁みたことはなかったのでござる。田川氏にも、おなじおもいを味わってほしい。そう、考えましてな。なあに、拙者の三倍も腹薬を売る御仁ゆえ、店賃《たなちん》が滞《とどこお》る心配はござらぬ」

このところ、長屋では金を払えずに夜逃げした者が何人かあった。それゆえ、大家もしっかりした店子《たなこ》をさがしていた。轟の紹介であれば、入居はすんなりきまるであろう。

「轟氏、そういえば、雑司ヶ谷には有馬さまの下屋敷がござったな」

「ふむ、のぞき坂の西にござる」

「やはり、有馬さまと申せば水天宮でござろう」

「さよう、さきほどもおはなし申しあげたが、田川どのは長らく水天宮の出納《すいとう》に関わる役目を負ってこられた。禰宜《ねぎ》ではないが、禰宜のようなものとも言えましょう。お察しのとおり、拙者はおせいの安産を祈念して、縁起を担いだのでござる。そもそも、この広いお江戸で久留米出身の侍に出くわすのが奇縁《きえん》というもの。拙者には、田川どのが生き神にみえましてな。おせいが孕んでおらなんだら、照降長屋へは誘わなかったやもしれません」

「なるほど、長屋に生き神を迎えようとなされたのか」

「はは、まあ、そんなところでござる……何はともあれ、浅間さまも早《はよ》う、子をこさえなされ」

そう言われても、こればかりは自分ひとりの力ではどうにもならぬ。

三左衛門は「あはは」と笑ってごまかした。

「早晩、田川どのは長屋にやってまいりましょう。そのときはひとつ、よしなにお願いします。浅間さまのことも、じつはおはなし申しあげてござる」

おなじような境遇の三人が、九尺店《くしやくだな》で傷を舐めあうように暮らす。

あまり良い気分ではなかった。

「楽しい人物ですから、いちどおはなしなされたがよい」

「はあ」

生返事をしながら、三左衛門は芋酒を呑みつづけた。

二

数日後、おまつが所用で音羽まで足を延ばすというので、三左衛門も付き合うことにした。

付き合う目的は、雑司ヶ谷の鬼子母神である。

おまつも詣でたことがないと聞いていたので、何気なく誘ってみたのだ。

「出不精《でぶしよう》のおまえさんにしては、めずらしいこともあるもんだ」

鬼子母神詣でに誘われて、おまつは浮き浮きと嬉しそうだった。

音羽で用を済ませ、護国寺《ごこくじ》の裏手から雑司ヶ谷へむかったのが巳《み》ノ四つ（午前十時）、昼餉までは一刻（二時間）ばかりある。

「海晏寺の紅も美しいが、鬼子母神の黄も捨てがたい」

「なあに、それ」

「とある通人《つうじん》の台詞《せりふ》よ」

通人の口にする「黄」とは、鬼子母神の境内に聳《そび》える大銀杏《おおいちよう》のことだ。

「樹齢五百年、幹は大人四人が手を繋いでも抱えきれぬほどの太さらしい」

「聞いたことがある、子授け銀杏っていうんでしょう」

さり気なく応じられ、返答に詰まった。

鬼子母神は法明寺《ほうみようじ》支院の大行院《だいぎよういん》に属し、子育ての流行神《はやりがみ》である。五色《ごしき》の風車、川口屋《かわぐちや》の飴《あめ》、麦藁細工《むぎわらざいく》の木菟《みみずく》や角兵衛獅子《かくべえじし》など名物も多く、参道には欅並木《けやきなみき》がつづき、社前には「子授け銀杏」と呼ばれる銀杏が周囲を睥睨《へいげい》している。

「ま、百聞は一見に如《し》かずだ」

ちょうど縁日で、参道は賑わっていた。

ふたりは屋台見世や乾《ほし》見世の居並ぶ参道をすすみ、さほど広くもない境内へ足を踏みいれた。

ひっそりと立つ百度石に触れ、左手を振りあおぐ。

蒼天《そうてん》をも衝かんとする巨木が、堂々と聳えていた。

「ふおっ、ほほう」

三左衛門は、感嘆の声をあげた。

おまつは度胆《どぎも》を抜かれ、声も出せない。

大銀杏はいまや、黄金の葉を全身に纏っている。

近づいて正面に立つと、あたかも深山に分けいったかのような錯覚をおぼえた。

四方に突きだした枝の根元には、乳《ちち》と呼ばれる瘤《こぶ》のようなかたまりが垂れさがっている。足許に隆起する根っ子は大蛇《おろち》のごとく地表を食いやぶり、そこかしこで怖ろしげな鎌首《かまくび》を擡《もた》げていた。

「おまつ、これが御神木というものだな」

参拝者は御神木に柏手《かしわで》を打ち、本堂に詣でたのち、縁起物の「すすきみみずく」を買いもとめる。

腹の大きい女たちも数多く見受けられ、おまつの反応が気になった。

おせいが孕んだことは、耳にしているにちがいない。が、予想どおり、そのことにはひとことも触れず、知らんぷりをきめこんでいる。

「おまえさん、お参りしていこうよ」

おまつは、屈託のない笑みを浮かべた。

さきにたって褄《つま》を取り、石段を登ってゆく。

三左衛門は裾をたくしあげ、一段抜かしで石段を駈けのぼった。

そして、ふたり別々に賽銭を投げたあと、いっしょに鰐口《わにぐち》を鳴らした。

おまつは柏手を打ち、目をしっかり閉じて祈りを捧げている。

神々しさを感じさせる横顔だ。ことばには出さずとも、子を授かりたいという強い気持ちがひしひしと伝わってきた。

「さあて、小腹が空いてきたな」

食い気を出してみせると、おまつは叱るような眼差しをむける。

三左衛門は気づかぬふりをして、ことさら陽気に喋りつづけた。

「二町さきの法明寺の境内に、新蕎麦《しんそば》を食わせる店があるらしい。そこでどうだ」

「ようございますよ」

「何でも、会式《えしき》蕎麦とゆうて、付け汁に桜の花弁を浮かべてあるとか聞いたぞ」

「それはお会式桜にござりましょう」

神無月十三日は日蓮上人《にちれんしょうにん》の命日、山門脇に髭題目《ひげだいもく》の石塔を立てた法華経《ほけきょう》の寺院では前夜から万灯火《まとび》を立て、団扇太鼓《うちわだいこ》を鳴らし、お会式の法要がおこなわれる。

法明寺の境内では、立冬に桜が咲いた。

――会式の桜、まこと不可思議なり。

これも日蓮上人の神通力によるものと、檀家たちは信じている。

法華経の檀家ならずとも、多くの人々が桜を愛でに足をはこぶ。

なにしろ、春と秋に二度咲く桜など、ほかにあるものではない。

お会式桜と命名された桜は、池上本門寺《いけがみほんもんじ》と谷中領玄寺《やなかりようげんじ》、そして雑司ヶ谷法明寺でしかお目にかかることはできないという。

三左衛門はおまつの手を取り、石段を降りた。

「おまえさん、ありがとう」

「おう」

「なんだか、恥ずかしいよ」

「ふふ、おすずを連れてこなくてよかったな」

「ほんとうだ。あの娘がいたら、からかわれていたところさ」

ずっと手を繋いでいたい気もしたが、どちらからともなく離した。

参道を歩み、ふと、足を止める。

境内の一角から、疳高《かんだか》い口上が聞こえてきた。

「さあて、ご覧《ろう》じろ。居合抜きの妙技にござるぞ」

まばらな見物人のむこうに、関羽《かんう》のごとき美髯《びぜん》を靡《なび》かせた小太りの浪人が立っている。床店は間口一間、前面には虚仮威《こけおど》しの長刀が飾られ、地べたに置かれた黒塗りの重箱には「薬」とある。居合抜きで客をあつめ、ひと袋八文の腹薬を売る。古臭い趣向だが、縁日の出し物には欠かせない。

浪人は一本歯の高下駄を履き、三段重ねの不安定な三方のうえに立っていた。

相方はおらず、ひとりで口上を喋り、合いの手も入れている。

「あれはどうみても、轟の旦那じゃないね」

おまつは誘われるように、浪人のほうへ近づいてゆく。

三左衛門には「もしや」というおもいがあった。

もしや、田川頼母とかいう浪人ではあるまいか。

「ぬはは、われは音に聞こえし林崎甚助重信の末裔、卍抜けの妙技をとくとご覧じろ」

浪人は顔を白く塗り、頬紅を丸く描いていた。

剽軽《ひょうきん》な顔で、立て板に水のごとく喋りつづける。

「腰に差したるは三尺の大太刀、これこそは正真正銘の長谷部国重《はせべくにしげ》、かの織田信《おだのぶ》長《なが》が膳棚ともども茶坊主を圧《へ》し斬りに斬った名刀、圧し斬り長谷部にござある。しかれども、信長より黒田如水《くろだじょすい》に下賜《かし》されてのちは、黒田家代々の重宝となりし業物、それが何故《なにゆえ》拙者の手にあるのか。はなせば長きことなれど、薬を買っていただいたお方にはそっとお教え進ぜよう。ともかくは林崎流直伝の卍抜け、とくとご覧じませ」

浪人は白鉢巻《しろはちまき》に白襷《しろだすき》、黒染五ツ紋の着物を纏い、小倉袴《こくらばかま》の股立《ももだ》ちを高くとっていた。

袴が風を孕んで膨らむ様子は、葱坊主《ねぎぼうず》のようで可笑《おか》しい。

おまつは、ぷっと吹きだした。

「はてさて、これに取りいだしたる柿の実ひとつ、これをば宙へ抛り、すぱっと斬りわけて進ぜよう。それっ」

浪人は掛け声もろとも、柿を高々と抛りなげた。

太刀を抜いた瞬間、三方が音を立てて崩れおちる。

「ぬわっ」

尻餅をついた浪人の顔に、柿が落ちてぐしゃっと潰れた。

「痛っ、たたた」

柿はどうやら熟柿《じゅくし》で、派手に潰れる仕掛けになっていたらしい。

「うははは」

見物人のあいだに、笑いが沸きおこる。

三左衛門でさえ、大口を開けて笑っていた。

浪人がむっくり半身を起こす。

「おお痛い、ちと慌ててしもうたわい。慌て者はかように莫迦《ばか》をみる」

潰れた熟柿を舐めながら、浪人は隈取《くまど》りまでした眸子《まなこ》を剝いてみせる。

木戸銭の要らぬ小芝居でも観せられているようで、見物人は引きこまれてゆく。

「拙者はこれでも、かつては雄藩の勝手掛《かってがかり》であった。前途洋々たるもの、出世魚よ、鯔侍《ぼらざむらい》よと羨ましがられたものの、慌て者の性分が祟《たた》って大失態を演じてしまい、お殿さまよりお叱りを受け、このとおり浪々の身と相成り申した」

ここで「おんおん」と泣き真似をしてみせ、浪人は転落の経緯を語りだす。過剰な演技だが、観る者の注意を逸らさない。いつのまにか、周囲に人垣ができていた。

「妻子には逃げられ、親類縁者からは遠ざけられ、夜露をしのぐ塒にも事欠く日日……ああ、これならいっそ、大川にでも飛びこもうか。鯔の餌にでもなって成仏いたそう。なれど、人とはなかなか死ねぬもの。誰が詠んだか、まことさようさ、泡食って出世するのは鯔ばかり。ささ、皆の衆、もそっと近うお寄りなさ

る。黒塗りの箱の中身は、言わずと知れた反魂丹《はんごんたん》、癪《しやく》を消しさる特効薬にござあ
る。かく言う拙者も、この薬に助けられたことは数知れず、丸薬袋ひとつ八文に
て買うていただいたお方には、約定《やくじよう》どおり、圧し斬り長谷部の由来をお聞かせ
いたしましょう」
太刀が贋物《にせもの》とわかっていながらも、由来なるものを聞きたくなってくる。
そのあたりの心理を巧みに擽《くすぐ》る術《すべ》を、浪人はきちんと心得ているようだ。
三左衛門はおまつが「おやめ」というのも聞かず、丸薬袋をひとつ買いもとめ
た。これが引き金となって、薬は飛ぶように売れてゆく。まさに、三左衛門は
「さくら」の役目を果たしたのだ。
潮が退くように客たちがいなくなったあと、浪人は深々と頭《こうべ》を垂れ、みずから
の姓名を名乗った。
「拙者、田川頼母と申します」
おもったとおりだ。
小太りに丸顔、化粧を落とせば人懐《ひとなつ》っこい顔があらわれるのだろう。
「おもしろい旦那だこと」
おまつも、すっかり気に入ってくれたらしい。

ほどなくして、田川は照降長屋の住民となった。

三

化粧を落とした田川の顔は、一風変わった顔だった。

月代《さかやき》の広い鉢頭で眉は薄く、いつも驚いているような目はやや離れ、鼻も口ものっぺりと横に広がっている。それでいて、愛嬌がある。どことなく、鯔に似ていた。

「おぼこ、いな、川の浅瀬にいるときは、総じて洲走《すばし》りと申しますな。さて、ようやく江戸湾へ出てからは鯔となり、最後はとどになる。とどのつまりとは、まさしく鯔の成長譚《せいちょうたん》に由来することば、されば、とどのつまりのつまりのほうは、いったい何という魚が成長したものか、どなたかご存じあるまいかな」

どこかで聞いたことのある仕方噺を語りつつも、田川は長屋の嬶《かか》ァどもの気を惹《ひ》いた。

調子の良さと巧みな言いまわし、くわえて愛嬌のある顔が嬶ァどもに受け、越してきた早々から長屋に溶けこんでいった。

本物の居合抜きをみせる轟よりも、田川のほうが三倍も腹薬を売るという。

口上のみならず、人柄の良さが客を惹きつけるのだろうと、三左衛門も納得した。

あっという間に五日が経ち、轟の発案で歓迎の宴を催すこととなった。

宴席は柳橋の夕月楼にもうけ、おまつとおせいにも足をはこばせた。

主人の金兵衛が気を遣って置屋から芸者衆を呼びよせ、呑めや歌えやの賑やかな宴となった。

費用《ついえ》はすべて、金兵衛の持ちだしである。

興の乗った田川は褌《ふんどし》一丁になり、お得意のへそ踊りを披露してみなを喜ばせた。

三味線の伴奏を買ってでたのは、小菊《こぎく》という十八の芸者だった。

色白でぽっちゃりした縹緻《きりよう》良しの娘は、三味線を巧みに弾いた。

田川は小菊の伴奏に合わせ、よく知られた都々逸《どどいつ》などを口ずさみ、ふたりはまことに息のあったところをみせた。

「……好いたおいらと好かれたおまえ、こうしてこうすりゃこうなることと、知りつつこうしてこうなった」

「ほれ、どうなった」

と合いの手を入れれば、田川は腰を振りながら部屋をぐるりと一周する。

その仕種があまりに可笑しいので、おまつもおせいも小菊も芸者衆も腹を抱えて笑いころげた。

「その剽《ひょう》げぶり、侍にしておくにはもったいない。田川さまは生来の道化やもしれぬ。いや、誤解なされては困りますぞ。人をこれほど楽しませることができる御仁は、ざらにはおらぬ。ゆえに、道化と申しあげたまで」

金兵衛は腹を抱えながらも、懸命に褒めそやした。

だが、今にしておもえば、田川は他人に好かれようと無理をしていたにちがいない。ひとりのときは物静かで、些細《ささい》なことでも沈みがちな小心者であることに、三左衛門はあとで気づかされた。

田川の軽佻《けいちょう》さが肌に合わず、当初は一線を画していたものの、轟の誘いもあって三人で酒など酌《く》みかわすうち、存外に生真面目な学究肌であることもわかってきた。

たとえば、田川は論語をよく引きあいに出した。

酔いにまかせ、死生観などを語ってみせるのだ。

「朝《あした》に道を聞かば、夕《ゆうべ》に死すとも可なり。拙者はさような心構えで一日を生きぬこうと藻掻《もが》いておりますが、今は人の道を聞く師もおらず、悟りを得る機会もない。じつに、嘆かわしいことでござる」

そうした発言が、ごく自然に口を突いて出る。

ひょっとしたら傑物かもしれぬとすら、三左衛門はおもった。

「元馬廻り役のご両人にくらべれば、拙者なぞ屁《へ》のようなものです」

謙遜《けんそん》してみせるものの、よくよく聞けば、一介の勘定方ではなく、二十数名の配下をもつ勘定組頭《くみがしら》であったという。藩財政の全容を知ることのできる立場だ。

ちなみに、久留米藩における水天宮の賽銭収入は、年間千五百両にものぼっていた。一歩まちがえば、不正の温床ともなり得る。事実、田川は上役にあたる勘定奉行の横領を指摘し、腹まで切らせた。ために、不正に関わっていた多くの者に恨まれ、藩を逐われた。有能だが融通の利かぬ石頭であったのが災いし、貧乏《びんぼう》籤《くじ》を引かされたのだ。

「義をみてせざるは勇なきなり、とも申します。拙者は人として当たり前のことをやったまででござる。悔いはない」

「なるほど」

三左衛門は詳しい事情を知るにつけ、田川の人となりに惹かれていった。

さらに数日後、田川が仕官先を探しまわっているとの噂が聞こえてきた。

全国の藩財政は窮乏著しく、どの藩も躍起《やっき》になって人減らしをしている。が、一方では優れた人材を求め、江戸屋敷にて不定期に浪人の採用試験をおこなっていた。なかでも財政面に明るい人材がのぞまれたものの、何百何千と応募があるなかで登用されるのはごくわずかで、応募する側にとっては突富《つきとみ》の一番札を引きあてるようなものだった。

それでも、田川は得手とする算盤《そろばん》を携え、各藩の江戸屋敷を巡っているというのだ。

「立派な心懸けだよ。剣術《やっとう》なんぞより算術に長《た》けているほうが、世の中の役に立つんだねえ」

おまつに皮肉を言われ、最初から仕官などあきらめている三左衛門は肩身が狭いおもいを抱いた。

だが、そう簡単に仕官できるはずもない。

田川の顔には、焦りの色が窺われた。

「今さら、何を焦る」

居酒屋で問うても、苦笑いでごまかすだけだ。

しばらく放っていると、井戸端のほうからまた噂が聞こえてきた。

「若い芸者に惚れたんだってさ」

それが焦って仕官先を探しまわる理由らしい。

やはり、独り身では淋しいのだ。淋しさを紛らわすかのように、田川はひとりの娘に惚れた。

小菊である。

夕月楼での宴が忘れられなかった。じつは、田川の幇間芸《ほうかんげい》に金を払ってもよいと金兵衛に説得され、三度ほど座敷へ出た。そのときはきまって置屋から小菊が呼ばれ、出し物の合間に身の上話などを聞くうちに、すっかり情を移してしまったのだという。

田川は次第に口数も少なくなり、仕舞いには飯も咽喉《のど》をとおらぬほどになった。

「鯔侍が恋患《こいわずら》いになりよった」

こうなれば、長屋の嬶アどもにとっては恰好の餌食《えじき》となる。

貧乏浪人の叶いそうにない恋が、はたして、成就するのかどうか。

そのことがいつの間にか、長屋じゅうの関心事になってしまった。

「おなじ長屋の住人として放ってはおけぬ。ここはひとつ、十分一屋のおまつさんにひと肌脱いでいただくしかなかろう」

大家の弥兵衛までが、おせっかいなはなしをもちこんでくる。

おまつは気がすすまないながらも、長屋の総意を汲《く》みとり、とりあえず小菊に逢ってみることにした。

「脈があるかどうか、兎《と》にも角《かく》にも、小菊にその気がなければはなしはすすまぬ」

三左衛門は上から偉そうな意見を吐いたが、動くのはおまつである。

いざ、小菊に逢って糺してみると、意外にも田川は気に入られていた。

できることなら、請けだしてほしいとまで、小菊は泣きながら胸の裡を訴えた。

田川を好きになった理由は、数年前、破落戸《ごろつき》に刺されて亡くなった兄に似ているからだという。

おまつは、新たな難題を抱えてもどってきた。

「身請代は六十両だってさ」

そのような大金が、田川にあるはずもない。

貧乏長屋の連中も、金のはなしになればそっぽをむくしかなかった。小菊の恋情を知れば、かえって田川を苦しめることになりやしないか。

「おまえさん、どうしよう」

まさに、銭のないのは首のないのに劣るという格言どおり、世の中、詰まるところ金なのだ。たとえ、相思相愛の男女でも、金がなければいっしょになることはできない。田川にしてみれば、身に値札の付いた芸者に惚れたのが過ち、小菊にしてみれば、甲斐性のない貧乏浪人に惚れたのが過ちというよりほかになかった。

哀しいはなしだが、田川には報せぬほうが賢明だろう。

三左衛門とおまつには、どうしてやることもできなかった。

しかし、おまつが小菊に逢った経緯は大家の口から洩れ、田川の耳にも伝わった。

「要は、六十両を稼げばよいのだな」

鯔侍は小菊の恋情を知った途端、落ちこむどころか息を吹きかえし、以前よりも一段と快活に振るまうようになった。

足を棒にして江戸じゅうの藩邸を巡り、日々の糧《かて》を得るために腹薬を売る。さらに、傘張りやら提灯張りやら夜なべの内職もはじめた。夜を日に継ぎ、寝食も惜しんで働き、目の下に隈《くま》をつくっても笑っている。

滑稽なほどに一所懸命なすがたが、長屋の連中の同情を誘った。

そうは言っても、六十両もの大金は簡単に稼ぎだせるものではない。

しかも、不運なことに、おまつが仕入れてきたはなしによれば、金満家の旦那が小菊に粉をかけているという。

旦那選びは置屋の裁量に委《ゆだ》ねられ、抱え子の心情など斟酌《しんしゃく》されない。可哀相《かわいそう》な小菊は女将に命じられるがまま、金満家の妾になるしか道はないようにおもわれた。

それでも、身請けがきちんと成立するまで、わずかな時が残されている。

まるで、自分のことのように項垂《うなだ》れるおまつを慰めつつ、三左衛門は轟に相談を持ちかけた。

が、ふたりの蓄えを持ちよっても、三両ほどにしかならぬ。

三左衛門はその足で夕月楼へむかい、金兵衛に十五両ほど借りた。

さらに、轟と分担して長屋じゅうを訪ねあるき、小銭を集めてまわった。

これも田川の人徳なのか、助力を拒むものはひとりもいない。

大家の弥兵衛も動かし、何とか樽代の半金にあたる三十両を掻きあつめたのだ。

侍が請けだす意志をあきらかにして半金を積めば、百戦練磨《ひゃくせんれんま》の抱え主も否とは言いきれまい。

残金は三月以内に払えば済むので、少なくとも時間稼ぎにはなる。

三左衛門は田川が部屋にもどってきたところをみはからい、轟ともども金を手渡しにむかった。

小判が三十枚ではない。手垢《てあか》の付いた波銭なども混じっている。

半分は長屋の連中が持ちよった金だと聞き、田川は感極まった。

畳に両手をつき、人目も憚《はばか》らずに泣くのは、久留米藩を逐われて以来のことだった。

「人の情けが、これほど心に響いたことはござらぬ。かたじけない、お借りした三十両は死んでもお返しいたす」

ところが、である。

田川頼母はその夜を境に、ぷっつりすがたをくらました。

三十両の金を携え、どこかへ消えてしまったのだ。

みなで手分けし、方々を捜しまわった。

が、どこにもおらず、小菊が請けだされた形跡もない。

「まさか、騙されたのではあるまいな」

二日もすると、長屋の連中は疑心暗鬼《ぎしんあんき》になっていった。

暦は葉落としの小雪《しょうせつ》に変わり、紅葉狩りの人影もまばらになった。

今頃は法明寺のお会式桜も、花弁を散らしていることだろう。

夏でもないのに、馬の背を分ける夕立が通りすぎた。

軒から垂れる雨垂れを眺めていると、御用聞きの仙三が駆けこんできた。

「旦那、てえへんだ。百本杭《ひゃっぽんぐい》にほとけが浮かんだ」

ほとけとは、誰あろう、田川頼母のことであった。

四

菰《こも》にくるまれて部屋に戻ったほとけを目にし、長屋の連中はみな息を呑んだ。

「こりゃひでえ、ひどすぎる」

大家の弥兵衛は吐き気を催し、外へ飛びだしていった。

遺体の損傷はあまりにひどかった。頭部に二カ所、額と頬に数カ所、眼球のひとつは剔《えぐ》られ、鼻梁《びりよう》は潰れている。四肢や胴にも無数の刀傷が見受けられ、まさに膾斬《なますぎ》りという喩《たと》えがふさわしい。

三左衛門は轟や仙三とともに遺骸を褥《しとね》に移し、傷を隠すために晒布《さらしぬの》で全身を巻いた。

顔も頭も巻きつけたので、大きな繭《まゆ》のようにみえる。

腐乱臭をごまかすため、部屋には線香が煙くなるほど焚《た》かれた。

煙の立ちのぼる暗澹《あんたん》とした空には、朧月《おぼろづき》がみえる。

「ふうむ」

轟は必死に怒りを抑え、腕組みをしながら唸っている。

「仙三、捕り方は物盗りの仕業とみておるらしいが、どうなのだ」

「へえ、例の三十両も無くなっておりやしたし、その線で下手人を捜せとのお指図がありやした」

「ふん、莫迦な、物盗りがこれだけの傷をのこすか」

「轟の旦那はちがうと仰るので」

「これは恨みをもつ者の仕業だ。のう、浅間どの」

「さよう。しかも、大人数で嬲《なぶ》り殺しにしたのだ」

「拙者もそうおもう」

「殺《や》られたのは一昨夜だな」

田川がいなくなった夜ということになる。

「仙三よ」

「へ、なんでやしょう、浅間の旦那」

「田川氏の足取りを探ってくれぬか。とっかかりは、小菊を抱えておる置屋だ」

「合点でさ」

仙三が去ってから、轟との会話は途切れた。

たまに線香をあげにやってくる者もあったが、女子供は部屋にはいってこない。嬶アどもは戸口で経をあげ、洟水《はなみず》を啜りながら帰っていった。

おまつも例外ではない。喪服姿《もふくすがた》で家に籠もり、田川の死を心から悲しんでいる様子だった。

気づいてみると、亥《い》ノ刻（午後十時）を告げる鐘が鳴っている。

「淋しい通夜だな」

轟は放心した顔で、ぽつりと洩らす。

「田川氏はかねてより、武士として誇りをもって死にたいと申しておった。これでは誇りもくそもない。ただの犬死にだ」

晒布に巻かれた田川が、褥からむっくり起きあがったように感じられた。

――頼む、恨みを晴らしてくれい。

そんなふうに囁かれたような気がして、三左衛門は知らぬまに血が滲《にじ》むほど拳を握りしめていた。

二刻ほど経過し、丑《うし》ノ上刻（午前一時過ぎ）となった。

ほどもなく、仙三がげっそりした顔で帰ってきた。

「どうであった、何かわかったか」

「それが……とんでもねえことになっちまって」

「何があった」

「小菊が逝っちまったんですよ」

「なに」

三左衛門は耳を疑った。

「あやめ河岸に水死体であがったそうです」

「入水《じゅすい》か」

「へい」

置屋は浜町堀《はまちょうぼり》に面した橘町《たちばなちょう》にあった。小菊は浜町堀の河口へ飛びこみ、屍骸《むくろ》となって、あやめ河岸の浅瀬へ流れついた。釣り人に発見されたのだ。遺体は傷《いた》んでおらず、二刻以内に入水したものと推察された。

小菊は田川の死を知り、あとを追うように逝った。

恋情はそれほどに深かったのだ。

聞けば、小菊は天涯孤独の身、死を悼《いた》む者とて少ないという。

「許せん」

轟は怒声を発し、外に出て真剣を振りはじめた。

鬼気迫る素振りの音が長屋じゅうに響き、みなは戸口で聞き耳をたてた。

――びゅん、びゅん。

闇を劈《つんざ》く白刃には、名状しがたい怒りが籠もっている。

――仇《かたき》を討て。復讐を遂げろ。

しかし、弾けるのはまだ早い。

肝心の仇すら、まだわかっていないのだ。

三左衛門は平静を装い、仙三のはなしに耳をかたむけた。

「小菊を請けだそうとしたお大尽《だいじん》、素姓がわかりやしたぜ」

「おう、誰だ」

「雉子屋《きじや》藤治《とうじ》、元飯田町《もといいだまち》の鳥屋です」

「鳥屋か」

そもそも、朝鮮通信使《ちようせんつうしんし》の接待用に雉子肉を供する商人であったという。が、のちに幕府が鳥屋の数を制限したため、わずか数軒で商いを独占できるようになった。鳥屋といえば金満家の象徴とされる所以《ゆえん》である。

雉子屋も例外ではなく、今では本業の鳥肉卸《おろ》しよりも金貸し業で潤っていた。豊富な財力を背景に大名貸しをおこない、蓄財をはかるとともに贅沢な暮らしをおくっている。質素倹約《しっそけんやく》の観点からすれば罰せられて当然の連中《ちゅう》であったが、幕府は鳥屋仲間から莫大な運上金を吸いあげている都合上、厳しい措置を講じることもできない。

「雉子屋は欲とふたりづれ、大名小路《だいみようこうじ》をそっくりけえって闊歩《かつぽ》する。そんな戯《ざ》れ唄《うた》まであるそうで」

三左衛門は、鼻持ちならない脂ぎった五十男を想像した。

そんな男に見初《みそ》められた小菊こそ、不運であったというよりほかにない。

「で、田川氏の足取りはつかめたのか」

「まだ確証はありやせんが、行方知れずになった晩、置屋に顔を出したらしいんで」

「ほう、そうなると、身請話をしにいったとみるべきだな」

「ところが、女将のおくまは、田川さまの顔なんぞみたこともねえと言いはる。でも、おいらの目はごまかせねえ。ありゃ嘘を吐いてる顔だ」

置屋の女将は三十両を奪ったうえに、雉子屋と結託《けったく》して田川を亡きものにした。

三左衛門と仙三の描いた筋書きは、ぴたり一致していた。

雉子屋は破落戸どもを雇って田川をかどわかし、責め苦を与えたすえに斬殺したのだ。

かりにそうであったとすれば、なぜ、責め苦を与えねばならなかったのだろう。小菊と相思相愛だったことに悋気《りんき》を抱き、それが殺意に転じたとは考えにくい。酸いも甘いも嚙みわけた強欲商人が、そこまで芸者ひとりにこだわるともおもえぬ。

どっちにしろ、田川を殺す気なら、あっさり殺せばよいだけのはなし、あれほど悲惨な目に遭わせる必要はなかったはずだ。

「仙三、いまいちど鳥屋を調べてみてくれ」

「へい」

調べても埒《らち》が明かぬときは、脅しを掛けにゆくつもりだ。

今は焦る気持ちを抑え、事の真相を暴きださねばなるまい。

誰と誰が悪党なのか、しっかり見極めねばならぬと、三左衛門はおもった。

やがて、轟が全身汗だくで戻ってきた。

湯気の立った着物を脱げば、瘤《こぶ》のような肩や分厚い胸があらわになる。

「少しは気が紛れたかな」

三左衛門が水をむけると、轟は汗を拭いながら不敵に笑った。

「憑《つ》き物《もの》が落ちた心地になりましたぞ。浅間どのもひとつどうです」

やってみようかともおもう。日々の鍛錬を欠かさぬ轟にくらべれば、腕が鈍っているのはたしかだ。

「ひと振り、ひと振りにおもいを込め、迷いを断たねばなりませぬ。さもなければ、生死の間境《まざかい》に身をおくことはできぬ。ま、浅間どのに意見するのもおこがましいですな」

轟の眸子が、鋭い光を放った。

三左衛門の心には迷いがある。

斬るべきか、斬らざるべきか。

たとえ、どのような悪党であろうとも、自分に引導を渡す資格があるのかどうか。

七日市藩を出奔し、故郷を捨てるときめたとき、二度と人を斬らぬと誓ったはずであった。すでに、何度か誓いを破っている。そのたびに懊悩《おうのう》した。瞼が痙攣《けいれん》し、得体の知れぬ疼痛《とうつう》と吐き気に悩まされた。

このたびも、そうなってしまうのか。

晒布に巻かれた田川は、何も応えてくれない。

風が露地を吹きぬけ、夜は白々と明けてゆく。

三左衛門は、いっこうに眠気を感じなかった。

五

小春日和《こはるびより》の穏やかな陽光が川面を煌めかせている。

浜町河岸は朝から賑わっていた。下り酒に下り塩、下り醬油に下り酢、さらには京の菓子、上方からの下り物を積んだ荷船が堀留へ集まってくる。

「でえい、でえい」

雪駄《せった》直しの勇ましい呼び声を聞きながら、三左衛門は橘町の横道へ踏みこんだ。

履物屋と足袋屋と三味線屋の店先を通りすぎると、道はいっそう狭くなる。

四十年増のおくまが仕切る置屋は、奥まった一角にひっそりと建っていた。

入口の格子戸脇には魚籠《びく》がぶらさがり、紅葉した白膠木《ぬるで》の葉と真弓《まゆみ》の枝が挿さっている。真弓の枝には房生《ふさな》りの実が生り、まるで、赤い真珠《しんじゅ》をまぶしたかのようだ。

「ごめん、邪魔するぞ」

開けはなちの格子戸をまたぐと、箒を手にした老婆が驚いたように振りかえった。

「おいや、朝っぱらから何でありんしょう」

歯抜け婆のくせに廓詞《くるわことば》を喋り、箒を薙刀《なぎなた》のように構えてみせる。

三左衛門は、ふうっと息を吐いた。

「怪しい者ではない。朝っぱらというても、巳《み》ノ刻（午前十時）を過ぎておるぞ」

「置屋は夜も朝も遅うござんす。女将も鼾《いびき》を掻いておりんしょうに」

「呼んでくれ。何なら、叩き起こしてもらおうか」

「おお、恐っ、旦那はどなたさんでありんすか」

「そのありんすというのを、やめてくれ」

「ありんすがお気に召さぬのでありんすか」

「まあよい、早う女将を呼んでこい。小菊に縁があった者とでも伝えてくれ」

「小菊に……へ、へえ」

「おっと待った、そのまえに訊いておこう。おまえさんはみたところ、置屋の生き字引のようだ」

三左衛門はにっこり微笑み、懐中から一朱金を取りだした。

「こたえてくれたら、これをやろう。おまえさんに迷惑は掛けぬ」

「へえ」

「三日前の晩、鯔に似た浪人者が訪ねてこなかったか」

「鯔に似た浪人者……ああ、それなら」

「来たのだな」

「へえ、子ノ刻（午前零時）に近いころ、必死に戸を敲《たた》いておられましたよ」

「どうなった」

「眠っておりましたもので、よくは存じあげません。ただ、奥座敷で女将さんとはなしこんでおられたご様子でしたよ」

「教えてやろう。浪人者はな、小菊の身請話をしにまいったのだ」

「おやまあ」

「何を驚く」

「これが驚かずにおられましょうか。小菊は若様のお気に入り、雉子屋さんの仲立ちで身請けの段取りもきまっていたはずなのに」

「ちょっと待て。小菊を請けだそうとしたのは雉子屋藤治ではないのか」

「さいですよ、樽代を出すのは雉子屋の旦那です。でもね、それはたぶん、若様のご機嫌をとるためでありんしょう」

「若様とはいったい、誰のことだ」

「ご勘弁を。これ以上喋ると、女将に叱られちまう」

老婆はもじもじしながら、こちらの懐中を眺めている。

「ちっ」

三左衛門は、一朱金を二枚に増やした。

老婆がつっと身を寄せ、耳に息を吹きかけてくる。

「若様の詳しい素姓は、女将もご存じない。でも、九州のさる雄藩のご重臣であられたお方のご子息だとか、そんな噂を耳にしたことがありますよ」

九州のさる雄藩と聞き、三左衛門はぴんときた。

それは有馬家久留米藩のことではないのか。

そのように仮定すれば、おのずと田川との接点も浮かんでくる。

「小菊は、若様を好いておったのか」

「さあ」

たとえ好かぬ相手でも、好いたふりをしなければならぬ。

値札の付いた抱え子に、旦那を選ぶことはできないのだ。

老婆はこのときだけ、哀しげな顔をしてみせた。

「若様御一行が出入りしておる茶屋はどこだ」

「雑司ヶ谷だって聞きましたよ」

「雑司ヶ谷」

「鬼子母神の門前に茗荷屋《みようがや》っていう茶屋があります。小菊は雑司ヶ谷へ越した常連に呼ばれて、お座敷に出たんですよ。そこで、若様に見初められたんだとか」

「小菊は、自分の意志で入水したのだろうか」

「鯔侍が亡くなったあと、ひどく悲しんでおりましたっけ」

「さようか」

もうこれ以上、聞くことはない。

三左衛門が二朱を手渡すと、老婆はほくほく顔で奥へ消えた。

さて、おくまをどうするか。懲らしめるにしても、どこまで悪事に関わっているのかをたしかめねばなるまい。

やがて、おくまが眠い目を擦りながらあらわれた。

「何ですか、朝っぱらから。込みいったおはなしなら、ご勘弁願いますよ」

「三日前の晩、田川頼母という浪人者が来たはずだ」

「のっけから何だろうねえ、この旦那は。十手持ちにゃみえないけど」

「わしのことはどうでもよい。田川は小菊を請けだしにまいったのであろう」

「さあ、存じあげませんねえ」

「嘘を吐くと、ためにならぬぞ」

「脅しですか」

「いいや、脅しではない」

三左衛門は上がり框に片足を乗せ、しゅっと脇差を抜いた。

底光りする濤瀾刃《とうらんば》が、おくまの鼻下に掛かっている。

「うひゃっ」

かたわらの老婆が、素《す》っ頓狂《とんきよう》な声をあげた。

おくまは声も出せず、ぶるぶる震えている。

「このまま鼻を殺《そ》いでもよいが、どうする」

「や……やめとくれ」

白刃を外して黒鞘に納めると、おくまはがっくり項垂れ、床に手をついた。

化粧気のない額から、玉の汗が吹きだしている。

「田川から身請話を聞いたのだな」

「は、はい」

「三十両はちゃっかり懐中へ入れたのか」

「騙しとろうとしたわけじゃないんです。ほら、ここに……帳場簞笥《ちようばだんす》の奥に仕
舞ってあります」

「ほほう、そうか」

「この三十両、どうしたらよいものか悩んでおりました」

「嘘を吐くと、鼻を殺ぐと申したはずだ」

「お、お待ちを。あの晩、三十両をお預かりしたあと、元飯田町の鳥屋さんまで使いを出したんです」

「雉子屋だな」

「へえ。なにせ、小菊についちゃ鳥屋さんが先約、事情をお伝えしないことにゃ、あとでどんなお叱りを受けるやもしれません」

「それで、雉子屋の返事は」

「使いを寄越されました。とりあえず、今からご本人に逢いたいと申されるので、ここから駕籠を……ほんとうです。うちは江戸勘《えどかん》をつかっておりますから、親方に聞いていただけりゃわかります」

「鳥屋はなぜ、田川氏に逢いたいと言ったのだ」

「さあ。お侍のご姓名と久留米藩の御家中だったことはお伝えしました。もしかしたら、お知りあいだったのかもしれません。けど、あたしの知ったことじゃない」

「ふん、駕籠で送ったさきが、地獄の一丁目だったとはな」

「あたしゃ知らない、何にも知らなかったんだ。田川っておひとが無惨なすがたで本所の百本杭に浮かんだって聞いたとき、腰が抜けるほど驚いたんだよ」

「鳥屋を疑わなかったのか」

「疑っても仕方ない。雉子屋さんはこんな置屋の十や二十、その気になりゃ買い占めることだってできる大金持ちさ。あたしなんぞが意見できるお方じゃない。なるたけ、忘れるように心懸けるしかなかったんですよ」

「小菊のこともか」

「は……はい」

おくまは肩を落とし、さめざめと泣きだした。

「小菊にゃ目を掛けていたんです。素直な娘だったし、若いのに誰よりも三味線が上手かった。ゆくゆくは、あたしの跡を継いでほしいとまで考えていたのに、あんなことになっちまうなんて……ちくしょう、ぜんぶ、あのお侍のせいだ。あの疫病神《やくびょうがみ》があらわれたおかげで、小菊は死んじまったんだ」

おくまの涙に嘘はなかった。

むしろ、三左衛門は自責の念に駆られていた。

夕月楼で歓迎の宴を催さなければ、田川と小菊が出逢うこともなかったのだ。

やはり、雉子屋藤治に当たってみるしかあるまい。

「邪魔したな」

泣きくずれるおくまをのこし、三左衛門は置屋をあとにした。

六

仙三が耳寄りな情報を仕入れてきた。

三日前の夜、子ノ刻に近いころ、雑司ヶ谷鬼子母神の境内で騒ぎが勃《お》こった。ひとりの浪人を数人の侍たちが取りかこみ、撲る蹴るの暴行をはたらいたというのだ。

土産物屋の老夫婦が遠目から目撃し、番屋へ駆けこんだことで発覚した。しかし、捕り方が馳せさんじたときには誰もおらず、子授け銀杏の根っ子に血痕《けっこん》だけが点々と残されていたらしい。

袋叩きにされた浪人が田川頼母かどうかは、判然としない。が、田川にちがいないと、三左衛門はおもった。

午後、同道を申しでた轟十内を制し、三左衛門はひとりで元飯田町の雉子屋を訪れた。

むさ苦しい浪人者がふたりで訪ねても、門前払いを食うにきまっている。

ひとりならば、何とか取りつくろって面と向かう自信はあった。

もはや、田川殺しに雉子屋が深く関わっているのは疑いのないところだ。

しかし、確証をつかんだわけではない。田川の足取りを探る仙三も、雉子屋の強固な壁に阻まれていた。ならば、みずから乗りこみ、本人に糺す以外に方法はない。

雉子屋は、堀留に架かる俎橋《まないたばし》のそばにあった。

南には千代田の城が聳えている。

周囲には武家屋敷が多く、道行く者も家紋入りの羽織を纏った月代侍のすがたが目立つ。

雉子屋の間口は広く、人の出入りも頻繁にあった。

三左衛門は物陰から、しばらく様子を窺った。

何処《いずこ》かの大名家の留守居役が、借財でも申しこみにきたのだろう。

玄関脇に駕籠が待機し、伴人《ともびと》らしき若侍がつまらなそうに立っている。

三左衛門は、にやりと笑った。

主人《あるじ》は店にいるようだ。

四半刻（三十分）ほど経つと、派手な扮装《いでたち》の偉そうな侍が外へ出てきた。

手揉みしながら背につきしたがうのは、藤治にまちがいあるまい。

一見すると中肉中背にみえるが、腹のまわりにはでっぷり贅肉《ぜいにく》が付いていた。

面つきは雉子というより驚いた鳩《はと》のようだが、薄い唇《くち》もとには狡猾《こうかつ》さが滲みでている。

偉ぶった侍が駕籠におさまると、藤治は頭を深々とさげた。

駕籠が走りだす。

伴侍も股立《ももだ》ちをとり、駕籠の脇を併走する。

「へいほう、へいほう」

三左衛門は雉子屋に背をむけ、駕籠を追いかけた。

風のように疾駆《しっく》し、裏道から先回りして辻で待つ。

「へいほう、へいほう」

ここぞという機をとらえ、駕籠の前面へ躍りでた。

「うわっ」

先棒が驚き、そっくりかえる。

駕籠が傾斜し、後棒が尻餅をついた。

駕籠が横転し、土煙が濛々《もうもう》と舞いあがる。

伴侍は血相を変え、大声で怒鳴りあげた。

「なにやつじゃ、唐津藩《からつはん》六万石江戸留守居役、福重左京《ふくしげさきよう》さまと知っての狼藉《ろうぜき》か」

それだけ聞けば用はない。

抜刀する伴侍を尻目に、三左衛門は辻へ逃げこんだ。

毛臑《けずね》を剝いて露地を駈けぬけ、俎橋まで舞いもどる。

何食わぬ顔で、雉子屋の敷居をまたいだ。

賢そうな手代をつかまえ、主人への取次を請う。

「拙者は唐津のお殿さまに仕える儒者《じゆしや》、さきほどの一件でちと言い忘れたことがございってな」

意味ありげに目配せすると、手代はすべて承知しているといった顔で頷き、店の内へ差しまねく。そして、長い廊下をたどって奥座敷へ案内し、手代は「少々お待ちを」と囁いて、主人を呼びにいった。

下り物の宇治茶が出された。

啜っていると、ほどもなく襖が開き、鳩面があらわれた。

「手前が雉子屋の主人にござります。あの……手代に聞いたところでは、唐津のお殿さまの」

「さよう、侍講《じこう》でござる。横川釜左衛門《よこかわかまざえもん》と申す」

「横川釜左衛門さま、お初にお目に掛かります」

藤治は畳に手をつき、くっと顎をあげた。

探るような眼差しをむけられ、三左衛門は空咳を放った。

「知ってのとおり、唐津藩小笠原《おがさわら》家二代当主は長泰《ながやす》さま、利発聡明な殿でな、ことに論語がお好きだ」

「論語ですか」

「朝に道を聞かば、夕に死すとも可なり……ふふ、どうじゃ」

「どうとは」

「聞けば聞くほど、含蓄《がんちく》のある一節であろう」

「はあ」

「さきほど、留守居役の福重右京がまいったな」

「右京ではなく、左京さまかと」

「おう、そうであった。ちと耄碌《もうろく》したかな」

「福重さまには、ありがたいおはなしを頂戴いたしました」

「ふむ、その一件じゃが、わが殿直々の御命により、福重に自重を促すべく馳せさんじたところが、どうやら、ひと足違いであった」

「と、申されますと、借財のおはなしは無かったことにせよと」

「察しがよいの。詰まるところ、そういうことじゃ」

「お待ちを。失礼ながら、福重さまは唐津藩の窮状を切々と訴えられました」

小笠原家は六年前、陸奥《むつ》棚倉《たなぐら》から唐津へ入封したばかりだ。棚倉以来の借財にくわえて九州への移転費用がかさみ、いまや藩財政は火の車、藩主長泰は今年になって人頭税の導入を断行し、領民の猛反発を招いていた。

福重左京はそうした背景を涙まじりに訴え、雉子屋に二万両もの借財を申しいれた。

「ここに仮証文も頂戴してございます。二万両ものお申しいれを半刻足らずで反《ほ》故《ご》にされては、たまったものではございませぬ」

「ま、よいではないか」

「何がよいのですか」

藤治は口から泡を飛ばした。

三左衛門は、にかりと笑ってみせる。

「正直に申せば、唐津藩のことなぞどうでもよいのだ」

「へ」

「おぬし、田川頼母を殺《あや》めさせたであろう」

藤治はぎょろ目を剝き、口をぽかんと開けた。

三左衛門は、ぐっと睨みつける。

藤治の眼差しが宙に彷徨《さまよ》った。

知っているのだ。この男は田川殺しの真相を知っていると、三左衛門は確信した。

「あんた、横川釜左衛門とかいったな」

藤治は深々と溜息を吐き、眉間に縦皺をつくる。

「唐津藩の侍講というのは嘘か」

「さよう、真っ赤な嘘だ」

「くそっ、何者だてめえ」

「ふっ、地金が出たか。その喋り、まるで盗人だな」

「こうみえても、おれは修羅場《しゅらば》をいくつもくぐってきた。雉子屋藤治に脅しは利かねえ」

「ほうかい、頼もしいな」

「もういっぺん聞く、てめえは何者だ」

「みてのとおりの野良犬さ。死んだ田川同様、見世物で口を糊《のり》しておる」

「居合抜きか」

「おう、わかっておるではないか」

「狙いは金か」

「ふふ、察しがよいな。口止め料を頂戴したい」

「あんだと、いってえ何の口止め料だ」

「だから、田川を殺らせたのであろう」

「証拠は」

「んなものは、ほじくればいくらでも出てくる。雑司ヶ谷あたりに屯《たむろ》する連中を手懐《てなず》けておろうが、そやつらとの繋がりをあきらかにいたせば、おぬしは針の莚《むしろ》に座ったも同然となる。なにせ、雉子屋は幕府御用達、おぬしの卸した雉や鴨が上様の御膳に供される。御用達が悪党を鵜《う》のように操る商人だとしたら、世間も黙ってはおるまい。噂を広めるだけでも信用はがた落ち、雉子屋はお上に目を付けられ、気儘《きまま》に金儲けができなくなるって寸法だ」

「ふん、野良犬め、考えたな。いくら欲しい」

「五百両。安いもんだろう」

「すぐには用意できぬ」

「なれば明晩子ノ刻、鬼子母神の境内に来い」

「雑司ヶ谷の鬼子母神か」

「ああ、馴染みの深いところであろう。のう、子授け銀杏の根元でどうだ」

「わ、わかった」

「ふふ、下手な細工はせぬことだ。わしが死んだら、即刻、仲間が動く。おぬしの悪行《あくぎょう》は洗いざらい、白日《はくじつ》のもとにさらされるぞ。それくらいの周到さは必要さ、田川の二の舞になりたくなかったらな」

「愚か者め」

「ついでに、ひとつ訊いておこう。なぜ、田川をあれほど痛めつけた」

「恨みを抱く御仁がおったのよ」

「若様か」

「そうだ」

「素姓は」

「影山啓吾《かげやまけいご》という姓名だけは教えといてやる。影山の素姓を調べれば、あの浪人が殺められた理由もおのずとわかる」

「なるほど、影山啓吾か」

三左衛門は影山の年恰好を聞き、記憶に焼きつけた。

田川頼母が殺された理由は、単純ではなさそうだ。

いずれにしろ、明晩までには判明するであろう。

三左衛門は大小をつかみ、怒ったように立ちあがった。

この場で鳥屋を斬ってもよいが、ひとまずは冷静になろう。

明晩になれば、悪党どもが芋蔓《いもづる》のように引きずりだされてくる。

七

翌日は朝から好天にめぐまれ、夕暮れになって雲が出はじめた。

紅蓮《ぐれん》に燃える筋雲のむこうに、つがいの鴉が飛んでゆく。

市中では、漬物のべったら市がはじまった。

漬物売りの呼び声が、四つ辻に響いている。

約束の子ノ刻までは、まだ充分に間があった。

三左衛門、轟十内、仙三の三人は照降長屋の一角に集まった。

主のいなくなった部屋は、殺風景で薄汚れている。

田川頼母の遺骸は今朝方、荼毘《だび》に付された。

せめてもの救いは、小菊ともども荼毘に付されたことだろう。

常世《とこよ》では幸せになってほしいと、願わずにはいられなかった。

仙三の調べで、田川殺しの経緯がほぼわかった。

久留米藩の元勘定奉行に、影山縫之助《ぬいのすけ》という人物がいたのだ。

影山は数年にわたって水天宮の賽銭収入をごまかし、私腹を肥やしていた。

ところが、田川の告発によって横領が発覚し、詰め腹を切らされた。

雉子屋の口から洩れた影山啓吾とは、縫之助の次男にほかならない。

影山家は断絶となり、啓吾の兄は追い腹を切り、母は心労で逝った。啓吾はもともと素行の良からぬ穀潰《ごくつぶ》しであったが、突如として安楽な暮らしが暗転したため、田川を逆恨みした。不正に連座して罰せられた勘定奉行配下の次男坊や三男坊を悪仲間に引きこみ、田川の行方を執拗に追っていたのだ。

「影山啓吾は藩を逐われ、従前から影山家と懇意にしていた雉子屋を頼りやした」

仙三の説明に、三左衛門は頷いた。

「なるほど、雉子屋藤治は影山縫之助に取りいっておったのか」

「へい」

久留米藩への貸付をもくろみ、窓口となる勘定奉行にたいして賄賂《わいろ》を湯水のように注ぎこんでいた。

「そこは悪党同士、相通じるものでもあったんでしょう。ところがどっこい、これからってときに、影山縫之助は表舞台から消えた。雉子屋にしても、田川さまを恨んでいたはずだ」

藤治は悪辣非道《あくらつひどう》な啓吾の性根を見抜き、商売の役に立てようと考えた。金貸し業には危険が伴う。藤治は啓吾を頭目とした用心棒の一味をつくろうとおもいたち、実際、つくりあげてしまったのである。

「雉司ヶ谷に蟷螂館《とうろうかん》という道場を開き、腕の立つ連中を掻きあつめておりやす」

仙三は暑くもないのに、しきりに汗を拭いた。

「ひょっとしたら、田川さまは鬼子母神の境内で見世物をやっているとき、啓吾の仲間にみつかったのかもしれやせん」

「だとすると、啓吾が雉子屋を通じて小菊を宴席へ呼んだのも、単なる偶然ではない。そういうことか」

「仰るとおりで。田川さまを苦しめるために、連中は小菊を身請けしようとしたんじゃねえかと」

「勘ぐりたくなるわな」

それが事実なら、あまりに陰湿すぎる。

「蟷螂館の館長は、啓吾自身がつとめておりやす。聞くところによれば、小野派《おのは》一刀流《いっとうりゅう》の免許皆伝《めんきよかいでん》だそうで」

「ほほう」

「でも、いっち腕が立つのは副館長の蓬田甚九郎《よもぎだじんくろう》とかいう男で、そいつは久留米藩きっての剣客だったそうです」

「悪党どもの数は」

三左衛門に問われ、仙三はごくっと唾を呑みこんだ。

「少なく見積もっても七、八人といったところで」

「しかも、人を斬ったことのある手練《てだ》ればかりか」

「へい」

「よかろう、それだけわかれば充分だ」

三左衛門は襟を正し、朋友にむきなおった。

「どうする、轟どの」

「気持ちはきまってござるよ。田川氏は正義を貫いたあげく、逆恨みから嬲り殺しにされた。小菊は自分のせいで田川氏が殺られたものと勘違いし、若い命を捨てた。あまりに理不尽《りふじん》ではござらぬか。影山啓吾、雉子屋藤治……拙者はどうあっても、こやつらを許せぬ」

「さようか」

「浅間どの、拙者は疾うに武士の体面を捨てた。されど、反骨と矜持の欠片はまだのこっておる。それは、怒るということでござる。この世に蔓延《はびこ》る不正義に憤《ふん》怒《ぬ》を抱くということでござる。怒ることをやめれば、武士であることの意味はなくなる。と同時に、生きる意味もなくなる。甚《はなは》だしく正義を欠く行為に眸子を瞑《つむ》るようなら、人間なぞやめたほうがよい。そうはおもいませぬか。地獄の沙汰《さた》も金次第、それが雉子屋の口癖らしいが、世の中には銭金で測《はか》れぬものがある。田川頼母の味わった屈辱、口惜しさ、骨髄《こつずい》の恨み、この際、どうして晴らさでおきましょうや」

轟の迫力に、三左衛門は気圧《けお》された。

――義を見てせざるは勇なきなり。

田川の吐いた論語の一節が、耳に甦《よみがえ》ってくる。

「轟どの、お気持ちはようくわかった」

「浅間どのは、どういたす」

「無論、やります。今宵かぎりの鬼と化しましょう」

いざ、鬼子母神へ。

ふたりの元馬廻り役は大小をつかみ、暮れなずむ町角へ躍りでた。

八

子ノ刻。

子授け銀杏は月影を浴び、地上に妖気を放っている。

五百有余年の長きにわたり、鬼子母神の境内で繰りひろげられた出来事をみつめつづけてきた。いわば、生き証人だ。おそらく、田川頼母の慟哭《どうこく》も耳にしたであろう。

悪党どもは、妖気ただよう闇の狭間《はざま》に潜んでいる。

三左衛門は気負うこともなく、大銀杏の根元へ歩みよった。

雉子屋藤治が提灯を提げ、たったひとりで待ちかまえている。

遅れてきた者の運命を嘲笑《あざわら》うかのように、強欲商人は悠然と手招きをしてみせた。

「やっと来たな、ずいぶん待たせるじゃねえか」

「金はどうした」

「駕籠のなかだ」

藤治の鼻先に駕籠が置かれ、小窓に垂れが掛かっていた。

「出してもらおうか」

「ふふ、欲しいなら自分で出せ」

「よし」

三左衛門は大股で駕籠に近づき、小窓の垂れを捲《まく》りあげた。

刹那、内側から白刃が突きでてきた。

「ぐふぇっ」

潰《つぶ》れ蛙《がえる》のような声を発したのは、駕籠に隠れた刺客のほうだ。

三左衛門は一撃を難なく避け、大刀の柄頭《つかがしら》を突きあげるや、相手の顎を砕いていた。

白目を剝いた山狗《やまいぬ》が一匹、駕籠から身を投げだした。

三左衛門は腰溜めに構え、首をゆっくり捻りかえす。

「下手な小細工をいたせば、命取りになると忠告したはずだぞ」

「ふん、野良犬に何ができる。雉子屋藤治から金を奪おうなどと、百年早いわ」

藤治は「ひゅっ」と指笛を吹いた。

大銀杏の木陰から、人相の悪い連中がぞろぞろあらわれた。

「ひとり、ふたり、三人……」

ぜんぶで八人いる。大人数を掛けてきたものだ。

そのうちのひとりに近づき、藤治は小判の包みを手渡した。

「若様、手前を強請《ゆす》ったのは、あいつです」

「ふうん、ただの貧相な野良犬ではないか」

「ああみえても、ちったあ腕におぼえがありそうだ。ひとつ、ばっさりやっておくんなせえ」

「心得た」

影山啓吾は痩せてひょろ長く、狐に似た細面《ほそおもて》の男だった。山狗どものなかで、ただひとり月代を剃っており、薄い唇もとに残忍な笑みを湛えている。

「啓吾さま、ご自身の手をわずらわすまでもござらぬ。ここは拙者におまかせを」

影山の背後から、縦も横もある大男がぬっと押しだしてきた。

眉は太く、切れ長の眦《まなじり》は吊りあがっている。

鼻と口も大きく、いかにも剣豪といった風情の男だ。

おそらく、蓬田甚九郎であろう。

三左衛門は胸を張り、疳高い声を張りあげた。

「うぬが久留米藩随一の剣客、蓬田甚九郎か」

「なに」

「名を呼ばれて狼狽《うろた》えたな」

「黙れ、おぬしは何者じゃ」

「ふっ、ただの野良犬さ」

「野良犬の分際で五百両も吹っかけおって、無事で済むとおもうたのか」

「こうなるものと予測しておった。いいや、こうした成りゆきを望んでいたというべきか」

「なんだと」

身を乗りだす蓬田を制し、影山が口を利いた。

「わからぬ。夏の虫でもあるまいに、敢えて火中へ飛びこんできたというのか」

「さよう」

「なぜ」

「悪党どもを成敗するため。桃太郎のようになあ」

「桃太郎だと、ふざけるな」

「わしは金などいらぬのよ。欲しいのはうぬらの命だ」

「ふ、ふはは……」

影山は仰《の》けぞって嗤い、ほかの連中も嗤った。

「……たったひとりで、われら蟷螂館の猛者《もさ》どもとやりあうのか。糞度胸だけは褒めてやろう」

「残念ながら、ひとりではない」

「ん」

闇が揺らめき、一陣の風が奔《はし》りぬけた。

「ぬごっ」

「うぎゃっ」

悪党ふたりが悲鳴をあげ、もんどりうって転がった。

轟十内の巨体が、月を背にして浮かびたつ。

「う」

悪党どもは目を剝いた。

轟が大上段に構えた白刃は、三尺二寸の実寸よりもさらに長くみえる。

「ふん、野良犬がもう一匹おったわ」

影山に顎をしゃくられ、蓬田甚九郎が袖をひるがえした。

と同時に、こちらも三尺に近い剛刀を鞘走らせる。

巨漢同士が相見《あいまみ》え、じりっと爪先を躙《にじ》りよせた。

「くわっ」

どちらからともなく、土を蹴りあげる。

影と影、白刃と白刃がぶつかり、激しい火花を散らす。

「死ね」

蓬田が水平斬りを繰りだした。

「なんの」

これを弾いた瞬間、轟の刀がふたつに折れた。

「鈍刀《なまくら》め」

折れた刀を抛り、脇差を抜きはなつ。

蓬田は窮鼠《きゅうそ》を鼻先においた猫のごとく、舌なめずりをしてみせる。

「莫迦め」

影山を筆頭に、悪党どもが眸子を輝かせた。

三左衛門は、いっこうに動じない。

轟は大銀杏の幹を抱えるように、ゆっくり後ずさりしはじめた。

「逃げられぬぞ、念仏でも唱えておくがよい」

蓬田は大胆に足をはこび、白刃を右八相《みぎはっそう》にもちあげる。

「覚悟せい、とあ……っ」

刀を振りおろそうとしたとき、暗がりから仙三が飛びだしてきた。

「轟の旦那」

「おう」

絶妙の掛けあいから、管槍《くだやり》が一本抛られた。

轟の太い腕が伸び、がしっと槍の柄をつかむ。

「なに」

驚愕《きょうがく》する蓬田の眼前で、七尺の槍が旋回した。

刀の間合いは外せても、槍の一撃は躱《かわ》せない。

「つおっ」

気合一声、轟は管槍をしごいた。

――しゅぽっ。

穂先は蓬田の咽喉を貫き、引きぬくと夥しい鮮血が迸《ほとばし》った。

「慢心は身を滅ぼす」

返り血を避けながら、轟が嘯《うそぶ》いてみせる。

悪党どもは狼狽《うろた》えつつも、一斉に白刃を抜いた。

「のこるは五人」

三左衛門は身を沈め、地に吸いつくように足をはこんだ。

「斬れ、斬りすてよ」

影山は雉子屋ともども、後ずさりしはじめる。

が、そこには、管槍を提げた轟が待っていた。

逃げられる心配はない。

「うしゃ……っ」

大上段から、髭面の男が斬りつけてきた。
三左衛門は躱しもせず、相手の懐中に飛びこむ。
脇差を抜き、するりと小脇を擦りぬけた。
「ぬげっ」
脾腹《ひばら》を裂かれ、髭面は刀を取りおとした。
さらに、別のひとりが突きかかってくる。
三左衛門は反転し、ふわりと宙に舞った。
と同時に、薙《な》ぎあげる。
葵下坂の切っ先が、相手の首筋を掻いた。
斬られたのも知らず、男は白刃を振りあげる。
「ぬりゃっ」
勇ましく発した途端、首筋が横にぱっくりひらいた。
——ぶしゅっ。
どす黒い血が紐状《ひもじょう》に噴きあがる。
三左衛門は振りかえりもせず、つぎの獲物にむかった。
一方、轟のほうも管槍をしごき、山狗二匹を仕留めていた。

瞬きのあいだに、影山啓吾と雉子屋藤治だけが取りのこされた。

「お……お助けを」

藤治は恐怖に震えつつ、影山の袖にしがみついている。

ふたりは大銀杏を背にしていた。

「はなせ、はなさぬか、この莫迦たれ」

どれだけ詰《なじ》られても、藤治は袖を握ってはなさない。

影山は白刃を抜き、ぶんと振りまわした。

「うひぇっ」

藤治は月代を浅く殺がれ、へなへなと頽《くずお》れる。

勢い余った影山の白刃は、銀杏の幹に食いこんだ。

赤く染まった樹液がどろりと流れ、枝がわなわな震えだす。

「くそっ、この」

影山は眉間に青筋を浮きたたせ、白刃を必死に抜こうとした。

が、抜けない。びくともしない。

黄金色の葉っぱが、斑雪《はだれ》のように降ってきた。

「ひゃあああ」

月代を赤く染めた藤治が、這いつくばって逃げようとする。

その胸もとを、管槍の穂先が刺しつらぬいた。

「ぎぇっ」

地の底から、慟哭のような鳴動が響いてくる。

三左衛門は動じない。

「子授け銀杏も泣いておるのだ」

悲しげにつぶやき、影山啓吾のもとへ一歩踏みだす。

「うわっ、来るな、来るな」

「命乞いは通用せぬ」

三左衛門に躊躇はない。

――びゅん。

小太刀を振りおろした。

「ぬひぇっ」

驚いた悪党の首が、大銀杏の根元に転がった。

九

銀杏が黄落すると、江戸《かど》では冬支度がはじまる。

どこからともなく、門付《かどづ》けの砧拍子《きぬたびようし》が聞こえてくる。

照降長屋の軒先に掛かった鵜籠《うかご》の花入れには、赤い内皮に黒い実をのぞかせた山芍薬《やましやくやく》と吾亦紅《われもこう》が生けてある。追善に赤い草花は禁忌《きんき》なので、昨日までは冬菫《ふゆすみれ》が淋しげに挿してあった。

三左衛門は口をほくほくとさせながら、おまつのこしらえた昼餉の栗おこわを食べている。

気に掛かるのは、明日から回向院境内ではじまる相撲《すもう》の番付表だ。

番付表は、勧進元《かんじんもと》にもなる夕月楼の金兵衛からいつも貰ってくる。買えばけっこう値が張るので、長屋の連中もめずらしがって眺めにきた。

じつは三年前から、番付表を蒐集《しゅうしゅう》している。虫除けのため、紙と紙のあいだに銀杏の葉を挟み、だいじに保管してあった。

おまつは子持縞《こもちじま》の洒落《しゃれ》た着物の裾をたたみ、塗盆に堆《うずたか》く積まれた銀杏の葉を摘んだ。

「今年はずいぶん集まったねえ」

「気づかぬのか、子授け銀杏の葉っぱだぞ」

「鬼子母神の」

「そうさ」

「どうして、ひとりで行ったの」

きっと睨まれ、三左衛門はことばに詰まった。

おまつは膨《ふく》れっ面《つら》をつくり、可愛らしく洟らす。

「いっしょに行こうとおもっていたのに」

何やら、恥ずかしげだ。

「どうした、おまつ」

「にぶいね、気づかないのかい」

「ん……おまえ、まさか」

「まちがいないよ、悪阻《つわり》があるもの」

鬼子母神に詣でる以前から、妊娠していたことになる。それでも、おまつは嬉しくて、お礼参りに行きたいらしかった。

「おまえさん、嬉しかないのかい」

「そりゃあ嬉しい。ちと驚いてな、息をするのを忘れた」

「うふふ、おとっつぁんになるかもしれないんだよ」

「そ、そうだな」

厄年《やくどし》を過ぎたというのに、父親になるかもしれぬのだ。

あまりに唐突な出来事で、頭が真っ白になる。

「順調なら、皐月《さつき》の終わりころだよ」

「皐月の終わり、川開きか」

「そうだね、大川にぼんと花火があがるころさ」

「祝いの花火、そいつは縁起が良い」

「おすずには、まだ黙っていたほうがいいね。あんまり嬉しがらせるのもなんだから。長屋の連中にも言っちゃだめだよ。こうしたことは、お腹が張ってきたらおのずとわかるものなんだから」

「ふむ、そうしよう」

「ひとの命ってのは不思議なものだね。ひとつ消えると、ひとつ生まれてくる」

おまつはしみじみと言い、下腹を慈《いつく》しむように撫でた。

「まこと、そのとおりだな」

三左衛門の脳裏には、剽軽な真似をする田川の顔が浮かんでいる。

「おまえさん、もう忘れちまおうよ」

「うん、忘れよう」

露地裏に爽《さわ》やかな風が吹きぬけた。

おすずが、手習いから帰ってくる。

鼠小紋《ねずみこもん》の着物を纏い、珊瑚《さんご》で寒椿《かんつばき》を象《かたど》った簪《かんざし》を挿している。

「ただいま」

「おや、道草を食ってきたのかい」

「おきぬちゃんと河原でお喋りしてたの。おばちゃんにね、赤ちゃんができたんだって」

土間へ飛びこんでくるなり、おすずはどきっとするようなことを口走る。

三左衛門はもうすこしで、栗を吹きだしそうになった。

おまつはどっしり構え、微動だにしない。

「おきぬちゃんは弟と妹、どっちが欲しいって」

「どっちでもいいって。でも、妹のほうがおとなしくていいかもって言ってた」

「おすずは、どっちがいい」

「わたしは、そうだな、弟かな」

「なぜ」

「ふふ、いろいろ用事を言いつけられるから」

おすずはぺろっと舌を出し、三左衛門に流し目をおくってくる。

帯解きの祝いが済んで初化粧をおぼえてから、時折、びっくりするような大人びた顔をしてみせる。

三左衛門はどぎまぎしながら、蜆《しじみ》の味噌汁を啜った。

おまつの腹が膨らんできたら、段々に実感がわいてくるのだろうか。

それまで口を噤《つぐ》んでいることなど、できようはずもない。

轟十内にだけは、そっと教えてやろう。

三左衛門はひとりほくそ笑み、箸で栗を拾いあげた。

※本書は2006年9月に小社より刊行された作品に
加筆修正を加えた「新装版」です。

双葉文庫

さ-26-34

照《て》れ降《ふ》れ長屋風聞帖《ながやふうぶんちょう》【六】
子授《こさず》け銀杏《いちょう》

2020年5月17日　第1刷発行

【著者】
坂岡真《さかおかしん》

【発行者】
箕浦克史
【発行所】
株式会社双葉社
〒162-8540 東京都新宿区東五軒町3番28号
［電話］03-5261-4818(営業)　03-5261-4833(編集)
www.futabasha.co.jp(双葉社の書籍・コミックが買えます)
【印刷所】
中央精版印刷株式会社
【製本所】
中央精版印刷株式会社

【フォーマット・デザイン】
日下潤一

ISBN978-4-575-67000-4 C0193
Printed in Japan